講談社文庫

大江戸監察医

鈴木英治

講談社

大江戸監察医　目次

大江戸監察医

第一章

一

日陰では、薄氷がまだ張ったままだ。雪まじりの風が川面《かわも》を吹き渡り、身を切りつけていく。

半裸になって冷たい水に腰まで浸《つ》かっているために、全身に痛いほどのしびれが走っているが、これも生きているからこそ感じられることだ、と仁平《じんぺい》は意に介していない。

——それに、ほかの者たちもがんばっているのだ。

決して負けられぬ、と仁平は思った。目の前の杭《くい》に向かって、大槌《おおづち》を振り下ろす。

大槌の先端は、あやまたず杭の頭を打った。ごん、と鈍い音を残して、杭は少しだけ沈んだ。

仁平がうまく大槌を打てるように、相方の厳造《げんぞう》が杭を両手で押さえている。厳造も下帯一つになって腰まで水に浸かっているが、手は震えていない。

この仕事をはじめてもう十年以上になるというから、この程度の冷たさなど慣れたもので、大したことはないのかもしれない。

もし仁平が杭の頭から大槌を外すようなことがあれば、厳造の手のひらが潰されても不思議はない。だが、厳造に恐れている様子はまったくない。

もっとも、これまで仁平は一度も杭の頭を外したことがない。それでも、万が一ということがあるから怖さがないわけではないだろうが、厳造が仁平の腕前に絶大なる信頼を寄せていることを仁平は知っている。

――厳造に怪我《けが》はさせせぬ。

仁平たち二十人ばかりの人足は、いま日本橋の難波町近くにある河岸《かし》の補修をしている最中である。

通りすがりの者たちが、よくあんな仕事ができるもんだ、見てるこっちが凍えちまうぜ、俺だったらとっくに死んでるぞ、というのが耳に届く。

確かにその通りだな、と仁平は思った。

――俺も、よく生きているものだと感心するほどだ……。

しかし道行く者の声が聞こえるというのは、と仁平はすぐに思った。まだ精神の統一ができていないということだ。

厳造が持つ杭だけをじっと見定めて、仁平は一心に大槌を振るい続けた。

無心になって杭を打ち続けていると、いつしか太陽は中天まで昇っていた。わずかながらも寒さが緩んできたのを、仁平は感じた。

水の冷たさに変わりはないが、太陽のおかげで、少し体が楽になったのがわかった。

一本の杭を打ち終え、次の杭に移ろうとしたとき、横合いから不意に悲鳴が上がった。

はっ、として仁平が顔を向けると、痛《いて》え、痛えよ、と一人の男が水の中でのたうち回っているのが見えた。

――あれは五十吉《いそきち》だな……。

五十吉の相方の隆七《りゅうしち》が、済まねえ、済まねえとしきりに謝って、五十吉を介抱しようとしている。

――ああ、槌で手を打ってしまったか……。

痛ましい光景を目の当たりにして、仁平は顔をゆがめた。

「五十吉、どうしたっ」

岸から島吉《とうきち》が、五十吉に向かって叫ぶ。島吉は庵八《あんぱち》一家のやくざ者で、ここで働く人足たちが怠けないように、目を光らせている。

島吉は水に入ろうとはせず、岸に突っ立って五十吉の様子を眺めているだけである。

「俺の槌が五十吉の手を……」

身を縮めた隆七が、申し訳なさそうにうつむいた。ちっ、と島吉が舌打ちする。

「またやりやがったか。まったくとろい連中だぜ」

毒づいた島吉が、さっと手を振った。

「とっとと五十吉を岸に引き上げろ。ぼやぼやすんじゃねえ」

その声に応じて、五十吉のそばにいた人足たちが五十吉に近づいていく。

岸に向かって大槌を放り投げてから仁平も、悲鳴を上げ続けている五十吉に水をかき分けて近寄った。

五十吉の右手は赤く腫れ上がっている。仁平には、人さし指と中指が、ぺしゃんこに潰れているように見えた。

——かわいそうだが、二度と右手で箸を持つことはできぬな……。

痛みのせいでほとんど気を失いかけているらしい五十吉を、仁平たちは力を合わせて岸に上げた。

焚火《たきび》のそばに広げられた筵《むしろ》の上に横たわり、五十吉が海老《えび》のように体を丸める。

「誰か、医者を呼んでこい」

大声で島吉が命じた。へい、と応えて庵八一家の若い者が一目散に走り出す。

「すぐ医者が来るから、しっかりするんだ」

かがみ込んだ島吉が五十吉を励ます。しかし五十吉は顔をしかめているだけで、なにも答えない。

「てめえらは、とっとと仕事に戻んな」

五十吉を心配そうに見ている人足たちに、島吉が強い口調でいった。

「さっさと戻らねえか」

島吉が声を荒らげると、裸足のまま人足たちがぞろぞろと水に入っていく。

島吉の言葉に従わず、仁平はその場に一人、居残った。

「どれ、五十吉、怪我した手を見せてみな」

声音に厳しさをにじませて、島吉が五十吉を促した。

「早くしねえか」

苦しげな顔で五十吉が、自らの手のひらを持ち上げてみせる。

「こいつはひでえ……」

どこか忌々しげに島吉がいう。むう、と仁平はうなり声を上げそうになった。やはり五十吉の右手の人さし指と中指は、潰れてしまっていた。

――かわいそうに。指の骨が粉々になってしまっておるな……。

よし、と仁平は心中でうなずいた。

「俺が――」

手当しよう、という言葉は島吉の怒鳴り声に遮られた。

「仁平、てめえ、いつまでも突っ立ってんじゃねえ。戻れっていったのが、聞こえなかったのか」

仁平をにらみつけた島吉が、肩を揺すって立ち上がる。

「おめえが五十吉の手当をするってんなら話は別だが、なにもできねえだろうが」

むっ、と眉根を寄せかけたが、仁平は一言もいわずに引き下がった。そこに転がっている大槌を手にし、水に再び入る。

「おい仁平、厳造の手を打つんじゃねえぞ。これ以上、働き手を失いたくねえからな」

仁平の背中に、島吉が嘲るような声を浴びせてきた。

仁平は、どこか心配そうな顔つきをしている厳造のもとに戻った。

「よし、やろう」

厳造に声をかけ、仁平は大槌を振り上げようとしたが、中途でやめた。

「厳造、怖いか」

へへ、と厳造が愛想笑いを見せる。

「五十吉のざまを見たばかりで、怖くねえといったら嘘《うそ》になる。だが、俺は仁平さんの腕を信じているからな」

「俺は決して厳造の手を打たん。少なくとも、俺と一緒に仕事をしているあいだは、おまえが箸を持てなくなるようなことにはならん」

「よくわかった。その言葉を聞いて、安心したよ。仁平さんは、できねえことを口にするような男じゃないからな」

そのとき、ようやく町医者がやってきた。助手の若者を一人、連れている。

すぐさま五十吉のそばにしゃがみ込んだ医者は、手をじっくりと診《み》はじめた。だが、すぐにかぶりを振り、助手の若者に、五十吉に肩を貸すように命じた。

ここでは手の施しようがないらしく、自分の医療所に連れていくようだ。

助手に肩で支えられた五十吉が、重い足取りで道を歩き出す。

——まず治らぬだろうな……。

手を決して動かさないよう安静にしていれば、いずれ指の骨はくっつくはずだが、骨が粉砕されてしまった場合は変な形でくっつくことがほとんどで、たいてい、指をうまく動かせなくなる。

——俺が手当をすれば、少しはちがうのだろうが……。

だからといって、五十吉がまた箸が使えるようになるはずもない。

「あの医者代も、五十吉が持つことになるんだぜ」

小声で厳造がいった。そうなのだろうな、と仁平は思った。庵八一家が医者代を払うはずがない。

——五十吉はこれからどうなるのか。

しかし、仁平がしてやれることはない。

——今は仕事に専心することだ。

五十吉のことを頭から振り払うために、仁平は杭打ちに集中した。

どのくらい続けたか、岸から島吉がいきなり声を張り上げた。

「よし、昼だ。皆、休めっ」

ようやく昼になったのだ。太陽の位置からして、すでに九つ（正午）を幾分か過ぎているのではないか。これから九つ半（午後一時）まで休みである。

――五十吉は大丈夫だろうか……。

やはり五十吉のことが思い出された。怪我の程度が気になる。おそらく、五十吉がこの普請場《ふしんば》に戻ってくることは二度とないだろう。

――なにか、よい仕事が見つかればよいが。

五十吉になにもしてやれない自分が歯がゆかったが、今の境遇では致し方なかった。

水から上がり、岸に置いてあった手ぬぐいで体を拭きつつ、仁平たちは焚火のそばに寄った。

縁台の上に、握り飯が山のように盛られた大皿が三枚に、具なしの味噌汁《みそしる》が入った大鍋が一つ、置かれている。

「とっとと食っちまいな」

島吉にいわれて、人足たちが握り飯にむしゃぶりつく。具のない味噌汁を、庵八一家の若い者が椀《わん》によそっていく。

人足たちは味噌汁をがぶりとやっては、握り飯を腹に流し込んでいく。しわい庵八一家にしては意外なことではあるが、握り飯は食べられるだけ食べてよく、塩気の強い味噌汁も何杯飲んでも構わない。

島吉にしてみれば人足たちにたらふく食べさせて、とことん働かそうという魂胆だろうが、どんな理由であろうと、腹一杯になるのはありがたい。

あっという間に握り飯がなくなり、追加の大皿が持ってこられた。それも、握り飯の山がすぐに低くなっていく。

これまでに三つの握り飯を食したが、仁平にはまだ食べ足りない思いがあった。あと一つだけと考えて大皿に手を伸ばす。

すると、別の手とぶつかった。

「痛えな。てめえ、なにしやがる」

声を荒らげて仁平をねめつけてきたのは、帯之助《おびのすけ》という男である。

「仁平、わざとやりやがったな」

なにをいっておるのだ、と仁平はあきれて帯之助を見た。

「おまえが俺に難癖をつけてくるのは、昨夜の腹いせか」

昨晩、人足たちのねぐらでちんちろりんを何人かでやったのだが、そのとき一人負けしたのが目の前の帯之助である。仁平は大勝とまではいかなかったが、小銭稼ぎには十分になった。

「仁平、昨夜、いかさまを使いやがったな」

「いかさまだと」

明らかに言いがかりでしかない。仁平は冷ややかに帯之助を見た。

「おまえ、いったいなにをいっているのだ」

帯之助を見返して仁平はいった。

「とぼけるな」

仁平をにらみつけて帯之助がすごむ。

「てめえのいかさまさえなかったら、俺があんなに負けることはねえんだ」

「いかさまなど、俺は使っておらん。やり方も知らんのに、どうやってやるというのだ」

ぺっ、と帯之助が憎々しげに仁平の足元に唾を吐いた。

「しらを切りやがって。てめえは、いかさまをしやがったんだ。今から、ぐうの音《ね》も出ねえようにしてやる」

「帯之助、やめておいたほうがよい」

静かな口調で仁平は警告した。

「おまえが怪我するだけだぞ」

「うるせえっ」

充血した目で仁平を凝視し、帯之助が怒声を放つ。

「俺は、昨晩の借りを返させてもらうだけだ。二度となめた真似《まね》ができねえようにしてやる。覚悟しやがれっ」

怒号して、帯之助が仁平に殴りかかってきた。しかし仁平にとって、帯之助の動きは緩慢そのものだった。帯之助の拳をかわすまでもなく前に出て、手刀を振るう。

鈍い音が立ち、帯之助が息の詰まった声を発した。仁平の手刀は、帯之助のみぞおちに決まったのである。

手加減をしたとはいえ、帯之助は一瞬、呼吸ができなくなったはずだ。

げほげほ、と激しく咳《せ》き込《こ》んだ帯之助が顔を上げ、仁平を捜すような素振りを見せた。目を仁平の顔でとめ、よろけつつも必死の表情で手を振り上げる。

帯之助の横にすっと回るや、仁平は右のこめかみを拳で打った。今度も手加減はしたものの、仁平の拳がかなりの威力を秘めていたのは疑いようがない。

がくんと首を跳ね上げるようにした帯之助の目が、宙を見た。ううぅ、とうめき声を上げた帯之助が、がくりと両膝を地面につき、その次の瞬間、どうと音を立てて横倒しになった。白目をむいて気を失っている。

「てめえ、なにをしやがんだ」

仁平を怒鳴りつけて、島吉が走ってきた。

「うちの普請場では喧嘩《けんか》は法度《はっと》だ。喧嘩をしたら、賃銀は払わねえといってるだろうが。仁平、わかってやったのか」

仁平のあまりの強さに、ほかの人足たちは食事をとる手を止め、ただ瞠目《どうもく》している。

「これは喧嘩ではない」

島吉を見やって仁平は告げた。

「喧嘩でないのだったら、このざまはいったいなんなんだっ」

気絶している帯之助を見やって、島吉が仁平に問うてきた。

「帯之助が難癖をつけて殴りかかってきたから、俺は自分の身を守ったに過ぎん」

「こいつのいってることは本当か」

島吉が、仁平のそばに立つ厳造に確かめた。

「ええ、本当ですよ」

島吉を見て、厳造が大きくうなずいた。

「昨晩、ねぐらであっしらは博打《ばくち》をしたんですが、仁平さんがいかさまを使ったと帯之助がいちゃもんをつけて、殴りかかったんです。仁平さんはいかさまなんて使っていませんよ。今だって、ただ火《ひ》の粉《こ》を払ったに過ぎませんぜ」

島吉を見つめて厳造が力説する。それを聞いて島吉が顔をしかめた。

「まったくしょうがねえ野郎だな。――おい、帯之助、起きろ」

後ろから帯之助を抱き起こし、島吉が活を入れた。

帯之助は目を覚ましたが、なにが起きたのか、思い出せない様子だ。こうべを巡らせて、目をきょろきょろさせている。

帯之助の目が仁平を見る。その瞬間なにがあったか思い出したのか、帯之助が、あっ、と声を上げた。

帯之助に近づいて仁平は指を突きつけた。

「もしまた同じ真似をしたら、次は容赦せんぞ。あの世に送ってやる」

声に凄《すご》みをたたえ、仁平は帯之助を脅した。むろん本気ではないが、帯之助はひどくおびえた顔つきになった。

「わかったか」

とどめを刺すように仁平がいうと、帯之助ががくがくと首を上下させた。

「わ、わかった……」

あわてて立ち上がろうとした帯之助が、ふらりとよろけた。仁平は手を貸し、帯之助の体を支えた。

「あっ、す、済まねえ」

ばつが悪そうな顔で頭を下げ、帯之助がその場をそそくさと立ち去った。

仁平をちらりと見てから、島吉も元の位置に戻っていった。

「仁平さん、おめえはいってえ何者だ」

顔を仁平に寄せ、厳造が小声できいてきた。

「帯之助のみぞおちを、目にもとまらん速さで打ちやがったな。お次はこめかみだ。続けざまに急所を狙って、あっという間に人を倒すなんざ、素人にできる業じゃねえ」

厳造を見返したものの、仁平はなにもいわずに黙っていた。

「やっぱり教えちゃくれねえか」

残念そうに厳造が首を横に振り、大皿に残っていた握り飯を手に取った。

二

はじめるぞ、と島吉の声がかかり、仁平は昼休みが終わったのを知った。

それまで思い思いに地面に腰を下ろしたり、横になったりしていた人足たちが、のろのろと立ち上がる。

冷たい地面に座していた仁平もすっくと立った。節々が痛くてならないが、また体を動かしはじめれば、痛みなどすぐに消えていくのはわかっている。

「よし、やるか」

自らに気合を入れるようにいって、仁平は厳造とともに水に入り、杭打ちに戻った。

ひたすら杭打ちをしているうちに、いつしか日暮れが近くなった。やはり冬は日が短いのを実感する。

すでに太陽が西の空に没しようとしており、仁平たちの影が水面に長く延びている。風が強さを増し、水面がさざ波立って、しぶきが仁平の半裸の体にかかった。

「よし、てめえら」

人足たちを見回して、島吉が声高に告げた。

「今日はこれでおしまいだ」

ようやく一日の仕事が終わったのだ。人足たちの口から、やれやれ、やっと終わったか、というような声が漏れる。

「今から今日の給金をやるから、縁台に来い」

ほくほく顔になって岸に上がった人足たちが、一列になって焚火近くに置かれた縁台のそばに並んだ。人足たちが、今日の給金を島吉からありがたそうにもらっていく。

「いいか、明日も明け六つからはじめるぞ。決して遅れるんじゃねえぞ。もし遅れたら、給金を半分にするからな」

人足たちにいいながら、島吉が給金を手ずから渡していく。

列の後ろのほうについた仁平も、島吉から給金をもらった。ちょうど百文である。

実際のところ、最初は一日四百文という話で働きはじめたのだが、ねぐら代やら食事代やらでいろいろと差し引かれ、手取りは百文になっている。

一日、冷たい水に浸かりながら杭を打ち続けて百文というのは割に合わないが、仁平はなんとも思っていない。金額の多寡など、どうでもよいことだ。

この河岸の普請は、公儀から恵原屋《えばらや》という廻船《かいせん》問屋が入れ札で請け負い、それを庵八一家に丸投げしていると仁平は聞いている。

庵八一家が恵原屋からどれだけの額でこの仕事を受けたのか想像もつかないが、人足たちから上前を取っている以上、相当儲《もう》かっているのはまちがいないだろう。

百文を手にして踵《きびす》を返そうとしたところ、仁平は島吉に呼び止められた。

「仁平、二度と仲間を叩《たた》きのめすような真似をするんじゃねえぞ」

目を怒らせて島吉がじっと見てくる。

「帯之助は俺の仲間ではない」

島吉を見返して仁平は答えた。

「一つ屋根の下で暮らし、同じ仕事について一緒に博打をしたりしてるんだ。仲間じゃねえわけがねえだろう」

なるほどな、と合点《がてん》して仁平は島吉の顔を凝視した。それだけで、島吉の顔がこわばった。島吉の仁平を見る目には、どこかしらおびえたような色がある。

俺が怖いのか、と仁平は思った。

——だが、悪ささえ仕掛けてこなければ、俺はなにもせぬ……。

心中で島吉に語りかけた仁平は百文の金を懐にしまい込んだ。厳造と一緒に、普請場の近くにあるねぐらに戻る。

このねぐらは、庵八一家の持ち物である。ねぐらといっても三十畳ほどの広さの掘っ立て小屋でしかなく、畳など当然、敷かれていない。ささくれだった板敷きの間が一つあるだけだ。

このねぐらには今、二十人ほどの人足が詰め込まれている。

「仁平さん、まずは汗を流そうぜ」

草鞋《わらじ》を脱ぐ前に厳造にいわれ、うなずいた仁平は手ぬぐいを持って井戸に歩み寄った。

ありがたいことに、ねぐらのすぐ近くに井戸があるのだ。しかも江戸には珍しい掘り抜き井戸で、常にきれいな水がたまっている。

冷たい風が吹く中、仁平たちは井戸水で汗を流した。井戸水は川の水に比べて、むしろ温かく感じられた。

――明日は風呂にでも行くか。

手ぬぐいで体を拭きながら、仁平は思った。やはり寒い時季は湯船に浸かり、芯から温まりたい。そうすれば、一日の疲れも抜けていくだろう。

六つ半を過ぎた頃、ねぐらの中で夕餉《ゆうげ》になった。いつも同じ献立で、塩汁に飯と梅干し、たくあんというものだ。

粗末なものだが、昼餉《ひるげ》と同様、夕餉も食べ放題である。

腹を満たしたら、あとは眠るだけだ。行灯《あんどん》も油がもったいないからという理由で、夕餉のあとに明かりはすぐに落とされる。

ほとんど真っ暗の中、掻巻《かいまき》にくるまった仁平は、冷たい床の上にごろりと横になった。

布団が用意されているわけではなく、丸太の枕があるだけだから寝心地がよいはずもなく、ときに背中がひどく痛くなるが、やはり横になると楽だ。疲れが、床板に少しずつ溶け出すような心持ちになる。

人足たちはほぼすべてが寝についており、豪快ないびきが、そこかしこから聞こえはじめている。

今宵《こよい》は博打をやる者もいないようだ。誰もが疲れ切っているのだろう。それに、行灯をつけるのにも、庵八一家に油代を払わないとならないのだ。

「おい、仁平さんよ」

仁平の隣にいる厳造が、ささやくような声をかけてきた。

「博打をやらねえか」

「その気はない」

目をつぶったまま仁平は答えた。

「いかさまをしたなどと、またいわれたくはないからな」

「なに、こんなしけたところでやろうっていうんじゃない」

回りの誰にも聞こえないように、厳造が声をひそめる。

「本物の賭場《とば》に行くんだ」

驚きを覚えて、仁平は目を開けた。すでに闇に目が慣れており、厳造の顔が浮かぶように見えている。

「本物の賭場だと……。賭場が近くにあるのか。どこだ」

「四半刻《しはんとき》（約三十分）もかからねえ場所だ。ある寺で開かれている」

「ふむ、寺か」

「やくざ者が仕切っているんだ」

檀家《だんか》が少なくなるなどして金に窮した寺が、やくざ者に本堂を賭場として貸すということは、よくあることだ。寺なら、町奉行所の手が及ばないからだ。

寺社奉行の手入れがないわけではないが、役人に鼻薬を効かせているためか、ほとんど踏み込んでくることはないと仁平は聞いたことがある。

「いや、やめておこう」

大して考えるまでもなく仁平は断った。

「なぜだ」

意外そうに厳造がきいてきた。

「昨晩、久しぶりにやってみてわかったが、博打は性に合わん」

「いや、別に仁平さんは、やらずとも構わないんだ」

「それは、どういう意味だ」

「実は——」

さらに厳造が声をひそめる。

「俺は、これまでの人足仕事でけっこう貯《た》め込《こ》んできているんだ。それを、賭場で倍に増やしたいと思っている」

——なんだと。

さすがに驚き、仁平は素早く起き上がった。

「厳造、なにゆえそんな危なっかしい真似をするのだ。空穴《からけつ》にされるかもしれんのだぞ」

「確かにその通りだ」

仁平を見つめて厳造が認めた。

「だが、俺は今のこの境遇から、なんとしても抜け出したいんだ。今ある金を倍にできれば、商売もやれる。まとまった金があれば、無宿人から脱することもできるはずなんだ」

「いや、それはないな」

すぐさま仁平はかぶりを振った。

「博打で儲けることなど、できるはずがないからだ。すべてをむしられて、裸にされるのが落ちだぞ」

仁平は、厳造の考えには無理があるとしか思えない。

「厳造、思い直したほうがよい」

強い口調で仁平は忠告した。しかし、厳造は肯んじない。

「俺は十年以上も、この仕事をやってきた。もう飽き飽きしているんだ。もし賭場ですべてをむしり取られたら、運がなかったとそのときは、すっぱりとあきらめる」

厳造の声からは真剣さが伝わってきた。

「厳造、まことによいのか。負ければ、これまで貯め込んできた金を、一晩で失ってしまうのだぞ」

うむ、と厳造が深いうなずきを見せた。

「その覚悟はできている」

どうやら本気のようだな、と仁平は覚《さと》った。

「だが厳造、それだけの覚悟があるのだったら、なぜ一人で賭場へ行かんのだ」

「仁平さんに、俺の用心棒をしてほしいからだ。今日、帯之助をぶちのめしたのを見ても、あんたはとても腕が立つから、一緒にいてくれたら安心なんだ」

間を置くことなく厳造が言葉を続ける。

「賭場を仕切っているやくざ者は、勝ち逃げを許さねえというじゃないか。もし俺がやくざ者に絡まれたとしても、仁平さんが一緒なら、やつらをぶちのめしてくれるだろう」

厳造は勝ち逃げすることをすでに考えているのか、と仁平は思った。

――そうたやすくいくものではないが……。

だが、そのことを口にしても、もはや無駄なような気がした。

「ふむ、用心棒か……」

顎をなでて、仁平は厳造をまじまじと見た。人足仕事をしているとはいえ、厳造はむしろほっそりとした体つきをしている。それでもかなり力はあるのだが、喧嘩は強そうに見えない。

もし勝ち逃げがうつつのものになり、やくざ者に追われるような羽目になったら、厳造はどうなるか。

ろくに抗《あらが》うこともできずに金を奪われ、下手をすれば、簀巻《すまき》にされて川に流されてしまうかもしれない。

――厳造には、これまでもいろいろと世話になっているからな……。

仁平がこの庵八一家が仕切る普請場の人足になって、最初に仕事のやり方を教えてくれたのは厳造なのだ。仁平が人足になって間もない頃は、蕎麦《そば》屋で何度か昼飾をおごってくれた。

厳造には恩があるからな、と仁平は改めて思った。

「わかった。用心棒をしよう」

ついに仁平はいった。

「ああ、よかった」

安堵《あんど》したような声を厳造が出した。

「助かるよ。仁平さん、恩に着る」

大勢のいびきが響き渡る中、仁平は立ち上がった。搔巻を脱ぎ捨て、着物を着る。

すでに厳造は着替えを済ませ、他出の用意を終えているようだ。

「よし、行こう」

静かにいった仁平は草鞋を履き、厳造と連れ立ってねぐらの外に出た。

北風が強いが、空に星は一つもなく、今にも雪が降り出しそうな雲行きなのではないかと思えた。

ねぐらからの夜間の外出は、庵八一家から別に禁じられてはいない。もともと、人《にん》別帳《べっちょう》に載っていない無宿人が、庵八一家の普請場に集まっているのだ。

仁平を含めてどこにも行く当てがない者ばかりで、夜露をしのげる場所と存分に飯を食わせてくれるだけでありがたいと誰もが思っている。そのことを、庵八一家の者は熟知しているのである。

給金はひどく安いが、庵八一家の下で働いていれば、町奉行所や火盗改《かとうあらため》による無宿人狩りに遭うこともない。もし無宿人狩りで捕まるようなことがあれば、石川島の人足寄場《よせば》行きになる。

——俺は、別に人足寄場に行っても構わぬのだが……。

なにしろ人足寄場では、手に職を持たせるほどの厚遇をしてくれるらしいからだ。

給金も、あるいは庵八一家の普請場よりよいかもしれない。

――まあ、どんなことがあろうと、このまま運命に任せて流れていけばよい。

そんな風に仁平は考えている。

――人というのは、運命には決して抗えぬものゆえな……。

刻限は、夜の五つ（午後八時）を少し過ぎているだろう。さらに強くなった風が江戸の町を吹き渡り、着物の裾を巻き上げていく。

だが、仁平は別段、寒さを感じなかった。

――俺もずいぶん強くなったものだ。

人足仕事で鍛えられたのだな、と仁平は自らのことが誇らしく思えた。

三

厳造が道を右に折れ、両側を家が建て込んでいる狭い路地に入った。

そのあとに仁平も続いた。

厳造が提灯《ちょうちん》を手にしているとはいえ、どこからも光が射《さ》し込《こ》まず、ひときわ暗さを感じさせる路地である。

路地を進むと、十間ほど先の突き当たりに、寺のものらしい門がうっすらと見えた。

「あそこだ」

提灯を高く掲げた厳造が、仁平に伝えてくる。つまりこの路地は、と歩を進めつつ仁平は思った。あの寺の参道ということになるのだろう。

ねぐらからここまで来るのに、四半刻の半分もかかっていない。まさか本物の賭場が開かれている寺がこれほど近いとは、仁平は思っていなかった。

足早に寺に近づいていくと、山門の前に数人の男がたむろしているのが知れた。賭場を開いているやくざ者であろう。

境内を背の低い土塀が囲んでいるのがわかったが、一見したところ、さほど大きな寺ではない。

やくざ者に賭場として供するくらいだから、やはり台所の事情は厳しいのだろう。闇の中でも、寺は寂れた風情を隠しきれずにいた。

「賭場に入れてもらえるか」

やくざ者の前で足を止めた厳造が、すぐさま申し出た。緊張しているのか、わずかに声が震えている。

やくざ者は四人いたが、いずれも腰に長どすを差している。刀の腕前は、四人とも大したことはなさそうだ。

——これなら、もし厳造が襲われるようなことになっても、なんとかなりそうだな。

厳造の後ろに立って、仁平は確信を抱いた。

仁平たちを見て、最も背の高い男が厳造に問う。

「あんたら、ここは初めてのようだな。金は持っているのか」

「ああ、持っている」

「見せてくれるか」

「わかった。——仁平さん、これを持っていてくれるか」

厳造が仁平に提灯を渡してきた。うなずいて仁平は提灯を手にした。

懐に手を突っ込み、厳造が巾着《きんちゃく》を取り出した。背の低いやくざ者に中身が見えるように、巾着の口を広げる。

気を利かせて仁平は提灯を巾着に近づけた。

「どうだ、これだけある」

幾分、自慢げに厳造がいった。

「ほう、けっこうあるな」

巾着をのぞき込んだ男が感心してみせる。

「どのくらいある」

「全部で五両はあるはずだ」

ほう、と男が嘆息を漏らした。同時に舌なめずりしたように仁平には見えた。

――厳造はそんなに持っておったのか。

仁平は驚くしかない。人足仕事でそれだけ貯めるとは、気の遠くなるような月日がかかったのではあるまいか。

もしこれが倍の十両になれば、確かに商売をはじめるのになんの不都合もあるまい。

だが、と仁平は思う。やはり博打でこれを倍にするのは無理ではないか。やくざ者たちも五両と聞いて、いい鴨《かも》がやってきたと思ったにちがいない。

――この男が舌なめずりしたのが、その証《あかし》だ……。

しかし、そのことを厳造にいっても詮ないことだ。すでに賭場の入口まで来てしまっている以上、どんな言葉も厳造の気を変わらせることはできないだろう。

「よし、提灯を消してくんな」

厳造の巾着の中身を見て納得したらしい男が、仁平にいった。

「わかった」

ふっ、と仁平は提灯を吹き消した。あたりは一瞬で闇に包まれたが、山門の向こう側が少しだけ明るく、ほのかな光がにじみ出るように見えていた。

そちらにもやくざ者が何人かおり、誰かが明かりを手にしているようだ。

仁平は山門を見上げた。そこには、東開山景沢寺《とうかいさんけいたくじ》と扁額《へんがく》が掲げられていた。これだけでは、宗派はわからなかった。

「おい、開けてくれ」

背の高い男が、山門の向こう側に声をかけ、くぐり戸をどんどんと叩いた。

中から閂《かんぬき》が外される音がし、その直後、耳障りな音を立てて、くぐり戸が内側に開いていった。

「入りな」

男にいわれた厳造が頭を低くし、くぐり戸に身を入れた。そのあとに仁平も続いた。

仁平が境内に足を踏み入れると同時に、くぐり戸が乱暴に閉じられ、間髪を容《い》れずに閂が下ろされた。

案の定、そこには六人のやくざ者がおり、仁平たちを油断のない目で見つめていた。一人が提灯を持ち、仁平たちを遠慮なく照らしている。

その明かりが、仁平には少しまぶしく感じられた。

「こちらへどうぞ」

丁寧な言葉で提灯の男がいい、石畳を踏んで仁平たちの案内をはじめた。男が目指しているのは、正面に建つ本堂のようだ。

薄ぼんやりと見える本堂の屋根には草が生えており、何ヵ所か瓦も崩れかけている。

——やはり荒れ寺としかいいようがないな。

果たして住職がいる寺なのかどうか。破れ寺にやくざ者が勝手に入り込み、賭場を開いているだけのような気がしないでもない。

本堂には、三段の階段がしつらえられていた。仁平たちはその階段を上り、回廊に上がった。

回廊には、おびただしい数の履物が置かれていた。ずいぶん流行《はや》っている賭場なのだな、とそれを見て仁平は思った。

その場で、得物を隠し持っていないか、仁平たちはやくざ者に体をあらためられた。

「なにも持っちゃいませんね」

合点したようにやくざ者がいい、仁平たちは出入口で草鞋を脱いだ。

「どうぞ、お入りくだせえ」

軽く頭を下げて、やくざ者が板戸を横に滑らせる。

賭場は明るさに満ちていた。まるで別世界のように仁平は感じた。

百目《ひゃくめ》ろうそくがいくつも灯《とも》され、まばゆいほどの光が本堂内にあまねく行き渡っていた。

本堂内は四十畳ほどの広さがあり、その中央に八畳ほどの盆茣蓙《ぼんござ》が設けられている。盆茣蓙のまわりにいくつもの座布団が敷かれ、大勢の男がひしめき合うように座していた。

すさまじいまでの熱気が渦巻いているのを仁平は感じた。

――やはり本物の賭場はちがうな。

さすがに、鉄火場といわれるだけのことはあった。

「仁平さん、こっちだ」

厳造が指さすほうに、帳場格子に三方を囲まれた帳場があった。人相の悪い男が一人、座している。その背後には、用心棒らしい浪人者が刀を抱いて壁にもたれていた。

帳場に行き、巌造がまず一両の金を駒と呼ばれる木札に換えた。それを持って盆茣蓙に向かう。

盆茣蓙のまわりの座布団には、一つだけ空きがあった。

ちらりと仁平を振り返って見てから、巌造が座った。大勝負を前に、糊《のり》が利いているかのように顔をこわばらせている。

巌造の後ろに仁平は端座した。

また巌造が振り向いて、仁平を見る。ごくりと唾を飲んだ。唇が乾くのか、ぺろりと舌でなめた。

「仁平さんもやらねえか。駒を回すぜ」

博打が性に合わないのはまちがいないが、すさまじいまでの熱気に気持ちが押されたようで、仁平はやってみたい思いに駆られている。

「じゃあ、少しだけ回してくれるか」

「わかった。このくらいでいいかい」

巌造が五百文分ほどの駒を手渡してきた。

「十分だ。勝っても負けても必ず返す」

駒を受け取って仁平はいった。

「仁平さん、がんばってくれ」

「わかった」

しかし仁平はその場を動かず、しばらく巌造の勝負を見ていた。

巌造は勝ったり負けたりを繰り返した。ほとんど儲かってはいないが、負けてもいない。

——こうしてただ遊んでいられれば、なかなかのどかでよいのだが……。

そのとき仁平は、盆茣蓙の端のほうに空きができたのを見た。すかさず立ち上がり、そこに座る。五百文分の駒を目の前に置く。

巌造はどっぷりと勝負に入り込んでいるようで、仁平のほうをちらりとも見なかった。

——よし、俺もやるか。

少しでも稼いで、巌造がもし負けてしまったときの穴埋めができたらよい、と仁平は考えている。

本物の賭場に来たのは初めてだ。しかしきっとなんとかなるだろう、と仁平は腹をくくった。別に、変に気持ちが高ぶったりもしていない。

壺振《つぼふ》りの手だけを見つめて勝負に熱中していると、まるで霧が晴れたかのように頭が冴《さ》えてきたのが知れた。

すこぶる勘が働き、仁平は借りた五百文をほんの半刻ばかりのあいだに、八倍にも増やすことができた。

勝つたびに祝儀の駒を中盆のもとに投げるのが、楽しくてならなかった。

「おめえさん、やるねえ」

柔和に目を細めた中盆が、感心したように仁平を褒めた。

「おめえさん、いったい何者だい。いい面構えをしているが……」

「いや、そこらの馬の骨さ」

答えながら仁平は、うずたかく積まれた自分の駒をじっと見た。

四千文ということは、ほぼ一両と考えてよい。これだけ勝てれば十分だろう。

仁平は、斜向《はすむ》かいに座している厳造に目を投げた。厳造も、たくさんの駒を抱えている。表情がだいぶ柔らかくなっていた。調子がよい証であろう。

——あの様子なら、勝ち逃げできるかもしれぬ。よし、切り上げよう。

仁平はすぱりと勝負を終えることにした。すべての駒を持って帳場に向かう。

「ちょうど一両分だな。小判でいいかい」

目の鋭い帳場の者が、おもしろくなさそうな顔できいてきた。

「いや、小判は使いにくい。一朱銀でもらえるとありがたい」

「わかった」

十六枚の一朱銀が仁平に渡された。仮に厳造が持ち金すべてをすってしまっても、少なくとも一両はまだ手元に残ることになる。

――一両あれば、だいぶちがうのではないか。出直しが利くとはいわぬが……。

夜はだいぶ更けてきている。すでに九つ（午前零時）に近いのではあるまいか。明日も朝は早い。仁平はねぐらに帰って寝たかった。

四

壁際に座して、供された茶をときおり飲みつつ仁平は目を閉じていた。さすがに昼間の疲れが出たようで、しばらくうつらうつらしていた。

どのくらい時がたったか、次に目を開けたとき、厳造の前の駒がずいぶん少なくなっていることに仁平は気づいた。見まちがいではないかと思い、目をごしごしとこすった。

――いや、見まちがいなどではない。

いつの間にか、厳造の調子がおかしくなりはじめていた。負けが込んでいたのだ。

だが、いま引き上げるのならば、と仁平は厳造の前に置かれた駒を見て思った。

――まだあまり負けておらぬ。傷は浅いといってよいのではないか……。

「厳造、潮時だ」

厳造の後ろに座って、仁平は声をかけた。だが、熱くなっているらしい厳造の耳に、仁平の言葉は届かなかったようだ。

仁平はもう一度、同じ言葉を繰り返した。はっ、として厳造が振り向いた。両目がつり上がり、顔が紅潮していた。

「まだだ」

強い口調でいって、厳造が激しくかぶりを振った。

「こんなのでは終われねえ。もう一両ばかり負けちまってるんだ」

負けが込みはじめて、厳造はなんとか取り返そうと焦りを覚えているようだ。

「一両なら、ここにある」

仁平は自らの胸を拳で叩いた。

「厳造から借りた駒を元手に、俺が稼いだんだ。いま帰れば、負けはない」

「いや、せめて自分で一両を取り戻すまで、帰るわけにはいかねえ」

「厳造、やめておけ。物事には流れがある。博打も同じだ。厳造にいま流れは来ておらん。今のうちにやめておくのが賢明だ」

「駄目だ、駄目だ。負けを取り戻すまでは、決して帰れねえ」

「それでは胴元の思う壺だぞ。厳造、さっさとやめて帰るんだ」

「いやだ」

駄々っ子のように厳造がいった。

――もはやいくら止めても無駄か。

仁平はため息をつきたくなった。こうなっては、厳造は身ぐるみ剥がれるのはまちがいない。

時が過ぎていくごとに、厳造の金は減っていった。駒の山があっという間に小さくなっていく。

――俺に博打の才があれば……。

仁平も賽《さい》の目《め》を読んではみたものの、疲れを覚えているせいか、ほとんど当たらない。

そして九つの鐘が鳴る頃、厳造はついに有り金すべてを失った。しばらく呆然《ぼうぜん》と宙をにらみつけていたが、不意に充血した目を仁平に向けてきた。

「仁平さん、金を貸してくれ。一両あるといっていただろう」

「これは駄目だ」

懐を手で押さえて仁平は首を横に振ったが、厳造は聞く耳を持たなかった。

「仁平さん、頼む。貸してくれ」

「厳造、いくらやってもおぬしのつきは戻らん。やるだけ無駄だぞ」

「いや、一両あれば、つきは必ず戻ってくる。俺には、よくわかっているんだ。仁平さん、頼む、貸してくれ。一生のお願いだ」

仁平のほうに体の向きを変え、厳造が両手をそろえ、額を床板にぴたりとつけた。

——ここまでして、やりたいのか……。

厳造の用心棒をするといってしまったおのれが、仁平は呪わしかった。

——用心棒など、引き受けるべきではなかった……。

だが、今さら後悔したところで遅い。

「仕方あるまい」

腹を決めてつぶやいた仁平は、懐にしまい込んだ十六枚の一朱銀を厳造に渡した。

「恩に着る」

うれしそうにいって十六枚の一朱銀を両手で持ち、厳造がいそいそと帳場に向かう。すべてを駒に換えて盆茣蓙に戻ってきた。

すでに厳造は目が据わっており、どこか正気を失っているように見えた。

その顔を見て仁平は、これは駄目だな、と思った。この一両も、厳造はきっと巻き上げられてしまうだろう。

――やはり賭場などに来るのではなかった。

しかし、今は厳造にとことん付き合うしか、仁平に道はなかった。

あぐらをかくのではなく、厳造は端座した。背筋を伸ばし、心機一転、勝負に臨むことにしたようだ。

だが、それも結局は、意味を持たなかった。厳造に、二度とつきは戻らなかったのである。

ほんの四半刻で、厳造は一両の金を失ってしまったのだ。

「ああ……」

薄暗い天井を見上げ、厳造が力なく嘆息する。呆然としているらしく、身じろぎ一つしない。

不意に、厳造の体がぶるぶると震えはじめた。くそう、という声が、仁平の耳に飛び込んできた。

「くそう、くそう」

悔しげに何度も口にし、厳造が盆茣蓙を拳で思い切り打った。

その様子を見ていられず、仁平は立ち上がり、厳造をいざなった。

「厳造、帰ろう」

しかし仁平の言葉は、またも厳造に聞こえなかったようだ。厳造が、きっとした顔を盆茣蓙のまわりにいるやくざ者に向けた。

「いかさまだっ」

いきなり厳造がそんなことを口走ったから、仁平は仰天した。

「厳造、なにをいっておるのだ」

「いかさまだ。俺はいかさまをやられた」

やくざ者に向かって厳造が怒号する。

「金を返せっ。俺の金を返せっ」

「馬鹿、やめろっ」

手を伸ばした仁平は、厳造の口を塞ごうとした。

しかし、そのときには、そばにいたやくざ者が一斉に立ち上がっていた。

「なんだと」

「てめえ、いい度胸をしているな」

「簀巻にしてやる」

口々にいって、やくざ者が厳造と仁平を取り囲んだ。誰もが顔を近づけ、にらみつけてくる。

やくざ者は十数人いる。それでも、すべて叩きのめすことはできるかもしれぬ、と仁平は思った。だが、ここは自重した。

悪いのは厳造である。もしかすると、この賭場では本当にいかさまが行われているのかもしれないが、証拠はなにもないのだ。やくざ者が烈火のごとく怒るのは、当たり前のことでしかない。

だが、もしやくざ者が厳造に危害を加える気なら、徹底して抗う決意を仁平は固めた。用心棒らしい浪人も刀を手にゆっくりとやってきたのが見えたが、大した腕は持っていそうになかった。

――この者たちが相手なら、なんとか逃げ出せるだろう。

「おい、てめえ」

目つきが鋭く、肌の色がひどく悪い男が厳造を呼んだ。

「俺たちが本当にいかさまをやっていると思っているのか」

「お、思っている」

喉をひくつかせながら厳造が答えた。

「でなければ、あんなに負けばっかり、続くものか」

「博打ってのは、流れがあるんだ」

厳造をにらみつけて、男が言い聞かせるような口調でいった。

「ずっと勝てるときもあるし、負け続けるときもある。おめえが有り金をはたくことになったのは、負けの波にすっかり乗っちまったからなんだよ」

その通りだな、と仁平も同感である。

「いや、いかさまをやられたからだ」

「だったら、いかさまの証拠を見せてみろ」

両肩を揺すり、男がすごんだ。

「証拠はない。ないが、俺が五両、いや、全部で六両も負けたのがいかさまの証拠だ」

「いいか」

男が厳造に指を突きつけた。

「一晩に百両も負けた客もいるんだ。おめえの五、六両なんてのは、はした金に過ぎねえんだよ。それでいかさまだと吠《ほ》えるなんざ、片腹痛いってもんだ」

「とにかく、金を返してくれ」

「返せるわけがねえだろう」

男が後ろを振り返り、雁首《がんくび》をそろえているやくざ者たちをじろりと見る。

「面倒くせえから、この二人を簀巻にして川に流しちまいな」

男が本気で命じたのか、仁平には判断がつかなかった。

多分、簀巻というのはほかの客への見せしめの意味もあるのだろう。もし似たような真似をしたら、てめえらも同じ目に遭わせるぞ、ということである。

ここはひと暴れするしかないようだな、と仁平は覚悟を決めた。そうしないと、ねぐらに帰れそうになかった。

――やるしかあるまい。

仁平は丹田に力を込め、やくざ者が襲いかかってくるのを待った。

しかし、やくざ者たちは、どういうわけか、仁平と厳造を見ていなかった。外でなにやら騒ぎが起きているようだが、それに気を取られている様子だ。

――なんだ、なにがあった。

顔を転じて、仁平は本堂の出入口を見やった。外を、大勢の人がこちらにやってくる気配がしている。

――なんだ、なにが来るのだ。

身構えて仁平は出入口を見つめた。

「手入れだっ」

「逃げろっ」

「寺社奉行がやってきたぞ」

外から悲鳴のような声が聞こえてきた。

――なんだと。

さすがの仁平も面食らった。まさか初めて賭場に来た日に、寺社奉行による手入れが行われるとは、夢にも思わなかった。

明かりを消せ、消すんだ、とやくざ者が叫び、それに応じて次々に百目ろうそくが消されていく。

本堂内はあっという間に暗くなった。

どやどやと階段を上がる音がし、出入口に一人の侍が立ったのが仁平の目に映った。

「神妙にせよ」

陣笠《じんがさ》をかぶった男が野太い声でいった。捕手《とりて》を指揮する侍のようだ。

その背後に捕手が満ち満ちているのは、見ずとも仁平にはわかった。

どこから寺社奉行の捕手はやってきたのか。考えてみれば、この寺の塀はとても低かった。あの程度の高さでは、梯子《はしご》がなくとも乗り越えられるだろう。

この寺にはやはり住職や寺男はおらぬのではないか、と仁平は思った。無住の寺を賭場としてやくざ者が勝手に使っていたことがばれ、それが寺社奉行の逆鱗《げきりん》に触れたのではあるまいか。

「仁平さん、どうする」

唇をわななかせて、厳造がきいてきた。

「逃げるしかあるまい」

「逃げられるか」

すでに、寺社奉行の捕手が本堂になだれ込んできている。

「厳造、とにかく動くぞ」

仁平一人なら、確実に逃げられる。それはよくわかっている。だが、仁平に厳造を見捨てる気はなかった。

「厳造、ついてこい」

鋭い口調でいって、仁平は走り出した。捕手たちの目がやくざ者にいっている隙を狙い、本堂の出入口を首尾よく出ることができた。

しかし、振り返った途端、後ろについてきているはずの厳造がいないことに仁平は気づいた。

「厳造っ」

姿勢を低くして、仁平は呼んだ。

「仁平さん――」

おびえたような声が、本堂内から聞こえてきた。

すぐさま踵を返し、仁平は再び本堂に入り込んだ。

あっ、と仁平の声が口から漏れた。厳造が捕手に取り押さえられていたからだ。

二人の捕手の手が、厳造の背中を押さえつけている。床板にうつ伏せになり、厳造は身動きができないようにされていた。

「仁平さん……」

顔を上げ、厳造が力のない声で呼びかけてきた。

「俺のことはいいから、仁平さん、逃げろ。逃げるんだ」

そうはいかぬ、と仁平は思った。

——おぬしを見捨てるわけにはいかぬ。

「おとなしくしろっ」

大声を発し、すぐに捕手の一人が六尺棒を振り上げて仁平に躍りかかってきた。

仁平に抗う気はなかった。次の瞬間には、厳造と同様に、床板の上に押さえつけられていた。

もっとも、捕物に慣れていない寺社奉行の手の者だけのことはあって、押さえつけ方は甘く、逃げようと思えば逃げられたが、これも運命だと悟り、仁平は身じろぎ一つしなかった。

「仁平さん……。済まねえ」

申し訳なさそうにいって、厳造ががくりとうなだれる。ぽろぽろと目から涙がこぼれ落ちていく。

寺社奉行の捕手たちによる手入れは、四半刻ばかりで終わった。今や本堂内や境内は、静寂が支配している。

仁平と厳造は縄を打たれた。同じように捕縛されたやくざ者やほかの客たちと一緒に、深夜の道をぞろぞろと歩いた。

「どこに連れていかれるんだろう」

不安そうに厳造がつぶやいた。

「寺社奉行の屋敷《やしき》だろうよ」

仁平たちの後ろから、どこぞの隠居とおぼしき男がいった。

その男のいう通り、仁平たちは寺社奉行の屋敷に連れていかれ、敷地《しきち》内の隅に建つ蔵に入れられた。

寺社奉行は自らの屋敷が役宅となるが、町奉行所とは異なり、牢屋《ろうや》がないために、この蔵を牢屋代わりに使っているようだ。

どうやら、と仁平は思った。

――俺たちは、底冷えのするこの蔵の中で一晩を明かすことになりそうだな……。

「ここは、いってえどこの屋敷だ」

捕まったやくざ者たちが、興奮した面持ちでしゃべっている。

「さっぱりわからねえ」

「千代田城に近いのはわかったが……」

仁平にも、ここがどの大名家の屋敷なのか、皆目、見当がつかない。寺社奉行は大名職で、四人ほどが定員になっている。

――千代田城にほど近い上屋敷《かみやしき》を持つ大名家で、寺社奉行になっている者というと……。

考えを巡らせてみたものの、仁平に答えは出なかった。誰がいま寺社奉行をつとめているのかなど、まったく興味がなく、知ったことではなかったのだ。

五

翌朝早く、仁平と厳造二人に対する詮議が日当たりの悪い六畳間で行われた。朝でも薄暗いこの部屋が、寺社奉行所の取調部屋に当てられているようだ。

仁平たちの前に座したのは、寺社奉行所の与力とおぼしき侍で、鴨生《かもう》兵之丞《へいのじょう》と名乗った。

兵之丞の斜め後ろに物書きらしい男が一人座し、その横に警護役とおぼしき侍が一人、控えている。

物書きはもう六十に手が届きそうな歳《とし》だが、警護役の侍は若く、なかなかよい腕をしているように見えた。生《なま》なかの者では、そうたやすく倒すことはできないのではないか。

「そなたら二人は、人別帳に記載がない者と考えてよいのだな」

仁平たちを見て兵之丞が口を開いた。仁平と厳造は、ほぼ同時に顎を引いた。

「そなたら、まずは名を申せ」

厳造が名乗り、その次に仁平は続いた。それを物書きが帳面に書き留めていく。

「ふむ、厳造と仁平でよいのだな」

二人に確かめるように兵之丞がいった。

「さようにございます」

これは厳造が答えた。仁平と厳造を見て、兵之丞が軽く咳払《せきばら》いする。

「厳造、まずそなたからきいていこう。そなたの出身はどこだ」

「相模《さがみ》国でございます」

「相模国のどこだ」

「足柄上郡でございます。村の名は岩塚村と申します」

すらすらと物書きが帳面に筆を走らせる音が、仁平の耳に届く。

「そなたが岩塚村を出たのは、いつのことだ」

さらに兵之丞が問いを重ねる。

「かれこれ十五年前のことでございます」

神妙な面持ちで厳造が答える。

「それは何歳の時だ」

「二十一だったと覚えております」

「ならば、今は三十六ということになるな」

まだ三十六だったのか、と仁平は少し驚いた。厳造は、すでに四十半ばくらいではないかと思っていた。

歳よりだいぶ老けて見えるのは、きっと苦労が絶えなかったからであろう。あまり生き方が上手に見える男ではない。

──もっとも、それは俺も同じであろう。

自嘲気味に仁平はそんなことを思った。

「今年で三十六なら、年男ではないか。厳造、なにゆえその岩塚村を出た」

厳造を凝視して兵之丞がきく。

「食い詰めたからでございます。手前は小作人の四男でして、村にいては飢え死にが待っているだけのような有様《ありさま》でした……」

「飢え死にか……」

気の毒そうな眼差《まなざ》しを兵之丞が厳造に注ぐ。

「それで江戸に出てきたか」

「はい。江戸ならいくらでも働き口があると聞いておりました。確かに、その通りでございました」

「そなたは、では、無宿人として十五年間も江戸で暮らしていたのか」

「さようにございます。できれば、人別帳に載るような暮らしをしたかったのでございますが、なかなかそうはいきませんでした」

「さようか。さぞ苦しい暮らしであったであろうな」

「畏れ入ります」

首を縦に動かして、厳造がこうべを垂れた。

「厳造、そなたに妻子はおらぬのか」

「手前は、独り身でございます。暮らしがあまりに貧しすぎて、とても女房などもらえませんでしたので……」

「昨晩は賭場にいたな。気晴らしか」

「いえ、蓄えた金を倍にしようと思いまして」

「金を倍に……。できたか」

「いえ、空穴になりました」

「そうであろうな」

当たり前だというように兵之丞がいった。

「博打で儲かるはずがないのだ。太るのは、胴元だけだ。博打ほど割に合わぬものはないぞ。これを機に厳造、すっぱりと足を洗うことだな」

「はっ、よくわかりましてございます」

それでよい、といって目を転じた兵之丞が、今度は仁平をじっと見る。

「仁平、そなたはどこの出だ」

「答えなければなりませんか」

居住まいを正して仁平はたずねた。

「ああ、是非とも答えてほしいな」

口調は柔らかいが、兵之丞の目は鋭く、有無をいわせない光がたたえられていた。

仕方あるまい、と仁平は腹を決めた。

「駿河《するが》国です」

「駿河のどこだ」

「駿東郡《すんとうぐん》です」

「村の名は」

仁平は一瞬、なんと答えようか思案した。

「下土狩村です」

「下土狩村か。それは、沼里《ぬまざと》領内の村ではないか」

いきなり兵之丞がそんな指摘をしてきたから、えっ、と仁平は息をのんだ。

――なにゆえ、この男はそこまで知っているのだ……。

兵之丞がいう通り、下土狩村は沼里七万五千石の領内に位置する村の一つである。

「よくご存じで……」

「なに……」

こともなげにいって、兵之丞が軽く手を振った。

「我が殿の奥方は、沼里家からお輿入《こしい》れされておる。下土狩村のことは、奥方からうかがったことがあるのだ。村には、沼里家が所有する牧があるということであった。富士《ふじ》の眺めも素晴らしいというではないか……」

そこまで知っているのか、と仁平は驚きを隠せなかった。

――沼里家の姫君が、お輿入れされているということは……。

「では、こちらは摂津高槻《たかつき》の永井《ながい》さまのお屋敷ですか」

「うむ、よく知っておるな」

満足そうに兵之丞がにこにこと笑んだ。

永井家は、高槻で三万六千石を領している。今の城主は飛騨守直満《ひだのかみなおみつ》といい、沼里家の姫である千鶴《ちづる》を正室としていた。

「それで仁平、そなたの歳は」

姿勢を正して兵之丞がきいてきた。

「三十八です」

「下土狩村では、なにをしておった」

これにもなんと答えようか、仁平は迷った。

「百姓です」

嘘をつきたくはなかったが、今は本当のことをいうわけにはいかぬ、と仁平は考えた。

「百姓か。なにゆえ村を出た」

「仕事に嫌気が差したからです」

「そなたは、その家の跡取りではなかったのだな」

「跡取りでした」

その答えを聞いて、兵之丞が目を見開く。

「それなのに村を出たのか。仕事に嫌気が差したといったが、なにゆえそのような仕儀になった」

「仕事でしくじりをしてしまったからです」

「それで仕事に嫌気が差したか」

はい、と仁平はいった。

「江戸に逃げたいという気持ちが強くなり、それに抗えなくなりました」

「それで村を飛び出したのか」

「さようです」

「村での暮らしはきつかったか」

兵之丞にきかれ、仁平は記憶をまさぐった。

「いえ、さほどきつくはありませんでした」

「だが、仕事をしくじったのだな。どのようなしくじりだったのだ」

むう、と仁平は心中でうなり声を上げた。

「人を救うことができませんでした」

無念の思いを露《あら》わに仁平はいった。

「なにがあった。事故か」

「事故ではありません。それがしのしくじりです」

「しくじりだと」

「人を死なせてしまいました。救うことができたはずなのに……」

仁平はうつむいた。

「それはいつのことだ」

静かな声音で兵之丞がきいてきた。

「二年前のことです」

「そしてそなたは二年前に村を飛び出し、その後、無宿人として江戸で過ごしていたのか」

「はい、人足を主な仕事にしておりました」

「それは厳造も同様か」

はい、と厳造がうなずいた。

「こちらの仁平さんとは、同じところで働いておりましたので……」

「仁平、そなたに妻子はないのか」

新たな問いを兵之丞が放ってきた。

「おります」

「子は何人おるのだ」

「三人です」

「いま妻子はどうしておる」

「故郷で、つつがなく暮らしているものと思います」

「妻子が恋しくはないのか」

「恋しく思います」

「だが仁平は、故郷に帰ろうという気にならなかったのか」

「はい、なりませんでした」

「なにゆえだ。江戸に出てきたものの、人足暮らしでは意味はなかろう」

「いえ、意味がないことはありません。とにかく、故郷にいたくなかったのです」

ふむ、とつぶやいて兵之丞がわずかに身を乗り出してきた。

「いったいどんなしくじりを犯したのだ」

「いわねばなりませんか」

「いや、よい。いう気がないなら、わしは無理強いはせぬ」

兵之丞が腕組みをした。

「仁平、そなたの妻子は、まことにつつがなく暮らしておるのか」

「そのはずです」

「しかとは知らぬのか」

妻には親族がいる。その者たちが世話をしてくれているはずだ。故郷を出るとき、仁平は妻の兄にそのことを頼み込んできた。兄は呆然としていたが、そのことは請け合ってくれたのだ。

「大丈夫のはずです」

さようか、といって兵之丞が身じろぎをした。

「とにかく、そなたらが無宿人であるのははっきりした」

宣するように兵之丞がいった。

「厳造、仁平。そなたら両名は無宿人として人足寄場行きとなる。わかったか」

「承知いたしましてございます」

兵之丞に向かって厳造が平伏する。仁平も深く頭を下げた。

――ついに俺も人足寄場行きが決まったか。

いったいどんな暮らしが待っているのか。庵八一家の普請場よりもましなのは、疑いようがない。

なにか新しいことが、はじまりそうな予感が仁平にはあった。

楽しみというほどのものではないものの、なにか運命が急激に舵《かじ》を切ったような感覚に仁平はとらわれている。

第二章

一

目を閉じ、仁平は潮風を吸った。

「仁平さん、ずいぶん気持ちよさそうだな」

横に立つ厳造が、穏やかな声で語りかけてきた。

「ああ、とても心地よいな」

目を開け、仁平は笑みを浮かべた。

「風はまだ冷たいが、爽やかだ。やはり潮風はよい」

人足寄場のある石川島は、大川の河口に位置しており、まるで潮の香りに包み込まれているかのようだ。満潮になりつつあるのか、今は特に潮の香りが濃い。

氷の張るような水に半身を浸して働いていたことを思えば、いま吹き渡っている風は仁平にとって春風も同然のものでしかない。

不意に、厳造が表情を曇らせた。

「仁平さん、済まなかったな」

「厳造は、俺たちが捕まってここに来たことを気に病んでおるのか」

「それもあるが、俺が最も謝りたいのは、賭場で熱くなって仁平さんの忠告を聞かなかったことだ……」

「なに、それはよいのだ」

にこやかに笑って仁平はいった。

「博打に夢中になり、周りが見えなくなってしまうなど、ままあることに過ぎん。厳造が、ほかの者と異なっているわけではない」

「だが、あのとき仁平さんの忠告を聞いてさっさと引き上げていれば、俺たちは寺社奉行の手入れに遭うこともなかった……」

「それも、なんということはないぞ」

仁平は厳造の肩を軽く叩いた。

「これは運命なのだ。俺たちがここに来るのは、のっけから決まっていたことに過ぎん。運命に逆らうことはできんのだ。だから厳造、もう気にするな」

「仁平さんにそういってもらえると、心が軽くなる……」

今日、仁平たちは一日中、人足寄場内を見て回っていたのだ。じき夕餉という刻限だろうが、それまでののんびりと過ごしているのである。

「仁平さんは駿州《すんしゅう》沼里の出身とのことだが、生まれ育った村は海に近かったのか」

顔をこちらに向けて、厳造が話題を変えるようにきいてきた。

俺の本当の故郷は下土狩村ではないが、と仁平は思いつつ答えた。

「海には近かった。俺は潮風を浴びながら育ったようなものだ」

下土狩村は沼里領ではあるものの、海からは一里半ほど離れている。潮風が届くような距離ではない。下土狩村は、仁平の母の故郷である。

「海が近いのは、いいなあ」

厳造がうらやましそうな顔になった。

「俺は山育ちだからな。海に面した小田原《おだわら》の町はさして遠くはなかったが、行く機会はなかなかなかった。村を飛び出して江戸に向かう道中、大磯宿《おおいそじゅく》のあたりで初めて海を間近で見、潮風を思い切り吸い込んだ。あれは、うれしかったなあ」

「そういうことだったか」

仁平は相槌《あいづち》を打った。

「それは、さぞ感激したであろう」

「大海原とよくいうが、その意味がはっきりとわかったよ」

笑みを消し、厳造が背後を振り返った。

「しかし仁平さん、案の定というべきなのか、人足寄場はずいぶんと広いな」

「うむ、実に広々としておる。なにしろ、一万六千坪の敷地を持つらしいからな」

「一万六千坪……。そんなにあるのか」

人足寄場の周りは竹矢来で囲まれているが、閉塞感はほとんどない。むしろ、なにかに守られているような気がし、仁平は気持ちがのびのびとしている。

仁平たちは昨日、人足寄場に来たばかりである。今日が二日目ということになるが、人足寄場がどのようなところなのか、仁平はだいたい理解できたような気がする。

「それにしても厳造、ここではとても大勢の人が暮らしておるのだな。ここまで多いとは、俺は知らなんだ」

まわりを見渡して仁平はいった。

「俺も知らなかった」

すぐさま厳造が同意する。

「どれほどの人数がここにいるのはわからないが、少なくとも五百人を超しているんじゃないかな。しかも、女までいるとは……」

厳造のいう通り、人足寄場では女も暮らしているのだ。厳造と同じく、女も食い詰めて在所から江戸に出てきた者がほとんどのようである。

人の女房はそれとわかるように、お歯黒をすることも許されているらしい。もっとも、今はお歯黒をする者は武家以外、ほとんどいない。女たちは、寄場の南端に位置する女置場で、まとまって暮らしている。

「つまり、女もゆったり暮らせるほど、ここは平穏な場所なのだよな」

「うむ、その通りだ」

仁平は厳造にうなずいてみせた。生業が決まらなかったり、請人が見つからなかったりという浮浪の者や前科持ちなどが、人足寄場に入ってきているが、別に犯罪人というわけではないから、誰もがおとなしいものだ。寄場内の治安は良好で、喧嘩や諍《いさか》いなど滅多にないと仁平は聞いている。

「寄場内では酒が飲めぬのが、特によいのではないか」

頭に浮かんだことを仁平は口にした。

「ああ、酒か……」

「寄場内の平穏を保つ上で、酒を禁じているのが最も効き目ある手立てになっているようだ。人足寄場は建前では、牢獄《ろうごく》のようなところだから、酒が飲めぬのは至極当然のことだろうが……」

「酒を飲むと気が大きくなって、相手のちょっとした仕草や言葉が、頭にくることがあるからな」

うむ、と仁平は顎を引いた。

「気が大きくなると、どうしても喧嘩につながりやすい」

――なんといっても、酒など毒水でしかないゆえ……。人足寄場に入ったことで酒断ちができれば、この上ないことではないか。

そんな風に仁平は思っている。

「しかし、一度ここに入れられたら、三年は出られないのか。長いなあ」

慨嘆するように厳造がいった。

「厳造はあまり飲まんが、酒は好きだったな。これからの三年間は、酒を断つための月日だと思えばよい。それだけで、体の具合が格段によくなるはずだ」

「なに、別に酒はどうでもいいんだ」

明るい声で厳造がいった。

「飲まずとも、俺は平気な質《たち》だから」

すぐに厳造が渋い顔になる。

「だが、ここで過ごす三年という月日は、いくらなんでも長すぎるんじゃないかと、どうしても思ってしまうんだ……」

「しかし厳造、三年など過ぎてしまえばあっという間だ」

「それはよくわかっているんだが……。だが、これからこの着物と三年も付き合わないといけないと思うと、正直うんざりする」

着物の袖をつまんで、厳造は渋い顔をしている。

いま仁平たちは、柿色に水玉が浮き出たように染め出した着衣を身につけている。二年目になれば水玉が減り、三年目には水玉がなくなって、ただの柿色の無地になる。

「三年などすぐだ」

先ほどと同じ言葉を仁平は繰り返した。

「それに、ここでは、さまざまな仕事の技を身につけられるようになっている。修業中の身だと思って、技を身につけることに専念すればよい。三年もいれば、必ずや技が身につくだろう」

　寄場内では屋根葺《ふ》きや左官、大工、籠づくり、笠《かさ》づくり、鍛冶、炭団《たどん》づくり、ろうそくづくり、紙漉《かみす》きなどを教えてくれるというのである。

「仁平さんのいう通りだろう……」

　厳造の歯切れはよいとはいえない。

「いろいろと教えてもらって技を身につけるだけでなく、それに対して賃銀も出ると

いうのだから、いうことがない」

　間を置くことなく仁平は言葉を続けた。

「ここで技を得てから正業に就く者は、毎年、二百人はいるらしいからな。これは本

当にすごいことだ」

　――このような場所を設けるなど、公儀も捨てたものではない……。

「厳造、おぬしはどのような技を身につけたいのだ」

　まじめな顔で仁平は厳造にきいた。

「俺か……」

　顎に手を当て、厳造が少しだけ考え込んだ。

「俺は別にないな」

「三年後にここを出るときに、また人足に戻るというのも芸がなかろう。もっとも、俺はそのつもりだが。――ああ、そういえば、賭場に行く前、おぬし、商売をしたいといっていたな。厳造、なにをする気でいたのだ」

「ああ、それか」

仁平を見て厳造がうなずく。

「俺が考えていたのは屋台だ」

「えっ、屋台だって……」

仁平にとって、思いもかけない返事である。

「屋台というと、なんだ。夜鷹《よたか》蕎麦でもやるつもりだったか」

「いや、俺が考えているのは寿司《すし》だ」

「寿司の屋台か……」

「今の握り飯のような大きな寿司ではなく、もう少し小さい寿司を屋台で売ろうと思っているんだ」

「小さい寿司を売ろうというわけは」

「仕事の忙しい職人や人足の腹を一刻も早く満たすために、寿司は握り飯のような大きさになっているが、あれでは口の小さな者が食べるのは、きつかろう。特に女だな。だから、俺は女客を引きつけるために、もう少し小さな寿司を出そうと思っているんだ」

「それはよい考えだ」

間髪を容れずに仁平は賛同した。

「商売は、とにかく女を呼び込むことが肝心だ。女に興に入ってもらうことこそが、商売がうまくいく一番の道筋だろう。男も、女の歓心を買おうとして、女の好む物に流れてくるし……」

「仁平さんも、そういう風に思ってくれるか」

目を輝かせて厳造がいった。だが、すぐに顔をしかめた。

「だが、俺は虎の子の五両を失ってしまった……。あの五両は、いったいどこにいってしまったのか」

「賭場のやくざ者から、寺社奉行が没収したのだろうな」

それが最も考えやすい。寺社奉行が哀れみをかけて、厳造に五両を返してくれることなど、まずあり得ない。

「金は、また一から稼ぐしかないな」

慰めにもならない言葉を、仁平は厳造にかけた。

「それしかないだろうな……」

力ない声で厳造が答える。

「ところで厳造、寿司は握れるのか」

「いや、握れねえ。だが、すぐにやれるのでないかと思っている」

果たしてどうかな、と思って仁平は首をひねった。

「さすがに素人がたやすく握れるほど、そんなに甘いものではないのではないか」

「やはりそういうものかな……」

「握り方だけでなく、上にのせる具の切り方一つ取っても、なにか技が必要なのではないか。ふむ、ここでは、包丁の使い方などは教えてはくれんのかな。町方から出張ってきている役人にきいてみるとするか。見矢木《みやぎ》とかいったが、あの男はなかなか親切そうだった」

「仁平さん、俺からきいてみるよ。俺のことだから、俺がすべきだろう」

「厳造がそれでよいなら、俺は構わん」

「ありがとう」

頭を下げて厳造が礼を述べた。

「それで、仁平さんはここではどうする気でいるんだい」

「先ほどもいったが、俺は人足をするつもりだ」

「えっ、これまでと同じかい」

「そうだ。人足が最も性に合っておる」

「確かに杭打ちの腕は随一だけど、仁平さんならもっと別のことが、いくらでもできそうな気がするんだけどな……」

「俺はそんな大した男ではない」

そうかな、といって厳造が首をかしげた。すぐに済まなそうな顔になる。

「仁平さん、ごめんな」

「厳造、なにを謝るのだ」

少し驚いて仁平はたずねた。

「いや、長く仁平さんの相方をしていて世話になってもいたのに、こたびは寿司のほうを学ぶことに決めたことだ。しかも、人足寄場に来ることになったのは、俺のせいだというのに……」

「気にするな。何事も運命だ。おのれが信じた道を行けばよいのだ」

「しかし……」

「厳造、本当に気にすることはない。おぬし以上の相方はおらんだろうが、人足だからといって、いつも杭打ちをするとは限らんしな」

「済まんな、本当に」

申し訳なさそうにいった巌造の顔を仁平は、むっ、と見直した。

「巌造、おぬし、顔色がよくないな」

ああ、と巌造が驚くこともなく肯んじた。

「その通りかもしれねえ。どうも風邪気味みたいなんだ。寒けがあるし、体もだるい」

「ちょっとよいか」

仁平は、自らの手のひらを巌造の額にそっと当てた。

「少し熱があるな。顔も赤い」

——確かに風邪のようだが……。

果たしてどうだろうか、と仁平は思った。

「ならば巌造、宿所に引き上げるか。そろそろ夕餉の刻限だろうし……」

味噌汁のにおいが鼻先をかすめた。仁平の腹の虫が今にも鳴き出しそうだ。

「ああ、そうしよう」

巌造がいい、仁平たちは宿所に向かって歩き出した。

「厳造、食いけはあるか」

歩きながら仁平は問うた。

「それがあまりねえんだ……」

そうだろうな、と仁平は思った。

「こんなことは、滅多にねえことなんだが」

「ならば厳造、夕餉は食べずに横になったほうがよいかもしれん」

「仁平さん、そうしたほうがよいのか。病のときは、病に負けないよう、できるだけ食べるほうがよいと聞くが……」

「それは誤りだ」

断言して仁平はその理由を述べた。

「病にかかると、体には自ら治そうという力が働くものだ。その際、すべての力を悪いところに注ぐために、食欲を抑えるようにできておる。だから、食欲がなくなるのだ。食べるという所為《しょい》は、それだけ体に負担を強いるというわけだな」

「ああ、そういうものなのか」

納得したように厳造がいった。

「ただし、水けだけはたっぷりととったほうがよい。できるだけ白湯《さゆ》を飲むのがよかろう」

「白湯か。わかった。しかし仁平さんは、その手のことをよく知っているな」

「俺は幼い頃から学問が好きだったゆえ……」

「学問好きだなんて、仁平さんは、本当に百姓だったのかい」

「百姓でも、学問が好きな者は少なくないと思うが……」

「まあ、そうだな……」

それからは無言で、仁平たちは宿所を目指した。

仁平たちの宿所は、寄場の役所内の端に設けられている。寄場でどんな職を手につけるか決まるまで、新参者が数日を過ごすことになっている。暗く、どこか牢獄を思わせるものがあった。

宿所の戸口に、一人の侍が立っていた。寄場役人の見矢木牧兵衛《みやぎまきべえ》である。

「おう、戻ったか」

真剣な顔つきを崩すことなく、牧兵衛が声をかけてきた。牧兵衛は同心で、南町奉行所から派遣されている。

「寄場内はどうであった」

牧兵衛にきかれ、仁平は寄場内で感じたことを率直に語った。その仁平の言葉に、厳造も横でうなずいている。

「そうか、それはよかった」

快活な声を発して牧兵衛が相好を崩した。

「居心地よく感じたなら、これからの三年を気持ちよく過ごせるであろう。それで、おぬしらはなにを学ぶことにしたのだ」

「あの見矢木さま。こちらでは、包丁の腕を磨かせてくれるのでございますか」

厳造がさっそく牧兵衛にきいた。

「ああ、むろんできるぞ。厳造は、料理人になりたいのか」

「寿司の屋台をやれたらよいなあと、思っております」

「それはよいかもしれぬ。江戸の者は、寿司が好きな者が多いからな」

目を転じ、牧兵衛が仁平を見る。

「仁平、おぬしはどうだ」

「俺は人足でよい」

仁平は即答した。

「人足か。おぬしは、ここに来る前も人足をしていたそうではないか。力仕事では、またしても体を苛《さいな》むことになるが、構わぬのか」

人足寄場では手に職をつけるだけでなく、外に出て千代田城の堀を浚《さら》ったり、公儀の建物の補修をしたり、道の普請などをしたりすることもあるのだ。

「うむ、それでよい。俺は、別に手に職をつけようとは思わんのでな」

そうか、といって牧兵衛が仁平をまじまじと見つめてくる。

「仁平、おぬし、なにか訳ありのようだな」

その牧兵衛の言葉を聞いて、ふっ、と仁平は小さく笑った。

「それは考えすぎだ」

「さて、そうかな」

楽しそうに牧兵衛が仁平を見る。

「まあ、よい。そのうち、おぬしの素性はきっと知れよう。――ああ、そうだ、もう夕餉ができておるぞ」

柔和な笑みを漏らして、牧兵衛が背後の建物を指さした。

「その建物が、食堂《じきどう》になっておる。すぐに行き、ほかの者らと一緒に夕餉をとるがよい」

すぐさま仁平は牧兵衛に申し出た。

「どうも厳造が風邪気味らしい。夕餉の前に医者に連れていきたいのだが……」

「風邪気味か……」

　足を踏み出し、牧兵衛が厳造の顔をのぞき込む。

「なるほど、少し熱っぽい顔をしておるな。風邪は百病の長ともいうし、悪くならぬうちに診てもらうほうがよかろう。すぐに薬ももらえよう。仁平、医療所の場所はわかるか」

「うむ、わかる」

「ならば、行ってまいれ。医療所は、病人置場と呼ばれる建物に付属しておる。そこに、恭右《きょうゆう》どのという医者が詰めておる」

「承知した」

「あの、お役人」

　小さな声で厳造が牧兵衛に呼びかけた。

「こちらのお医者にかかるのに、薬代はいるのでしょうか」

　厳造を見やって、牧兵衛がにこりとした。

「安心してよい。費《つい》えは一切かからぬ」

「ああ、さようでございますか。それを聞いて安堵いたしました」

　厳造の両肩から力が抜けたのが知れた。

「では厳造、行くか」

すぐに仁平はいざなった。

「ああ、そうしよう」

牧兵衛に向かって丁寧に頭を下げた厳造を引き連れて、仁平は病人置場に向かった。

「しかし仁平さん、ここは本当にすごいな。ここにいる者たちのために医者が詰めていて、しかもただとは……」

「うむ、まったくだ。素晴らしいとしかいいようがない」

その上で、と仁平は思った。

――恭右という医者の腕がよければ、いうことはないのだが……。

このような場所に、わざわざ来る医者である。場数を踏んでいるであろうし、腕も悪くないのではないか。

病人置場は、寄場の南岸沿いに建てられている。玄関の横に立てかけられた看板に、病人置場、と黒々と書かれていた。

医療所の出入口は、玄関の横にあった。板戸に、薬師《くすし》と墨書されている。

戸は閉まっていたが、心張り棒はされておらず、引手に手を当てて横に滑らすと、あっさりと開いた。敷居《しきい》を越えて三和土《たたき》に入ると、薬湯《やくとう》のにおいが濃く漂っていた。

目の前は狭い式台になっており、すぐ上に廊下があった。

「頼もう」

三和土に立ち、仁平は声を発した。すぐに応《いら》えがあり、一人の若者が廊下を足早にやってきた。

——この若い男が恭右どのか……。

ちがうだろうな、と仁平は思った。この男は恭右の助手であろう。

「どうかされましたか」

式台に端座して、若者がきいてきた。

「この男を診てもらいたいのだ。風邪のように思えるが、もしかするとちがうかもしれん」

その言葉を耳にして厳造が、えっ、と意外そうな声を上げた。

「仁平さん、俺は風邪じゃないかもしれないのかい」

「いや、念のためだ」

「そ、そうかい……」

厳造は不安そうな顔だ。若者は、仁平を冷ややかな目で見ている。素人がなにをわかったようなことを、とでもいいたげな顔である。

「先生はおられるか」

若者に目を据えて仁平はたずねた。

「はい、いらっしゃいます。どうぞ、お上がりください」

だが足下を見て、仁平はためらった。なにしろ裸足《はだし》なのだ。人足寄場に来て、草履や雪駄《せった》が与えられるわけではない。厳造も同じである。

「ああ、すすぎのたらいを持ってきましょう」

仁平のためらいの理由に気づいた若者がいい、三和土の上の雪駄を履いた。足早に戸口を出ていく。

――しかし、裸足でいることにも慣れたな。思っていたほど悪くはない……。

そんなことを仁平が思っていると、若者が戻ってきた。

若者は、水を張ったたらいを抱えていた。どうぞ、といって仁平たちの前に置く。

「二人は、手ぬぐいはお持ちですか」

「ああ、持っている」

式台に腰かけ、仁平たちは足をたらいにつけた。冷たい水ではあったが、仁平も厳造も平気な顔で足を洗った。

「ああ、足がきれいになると、どうして疲れが取れるのかな……」

手ぬぐいで足を拭きながら、厳造がつぶやいた。

「足には、つぼがいくつもある。足の汚れを取るだけでつぼが刺激され、血の巡りがよくなる。そのために、気分がすっきりするのだ」

「ああ、つぼか。お灸《きゅう》を据えるところだな」

「そうだ」

若者に礼をいって、仁平たちは式台から廊下に上がった。廊下を一間ほど行った右側に医療部屋があった。

「先生、患者がいらっしゃいました」

板戸越しに若者が声をかける。

「入ってもらいなさい」

中からいかにも優しげな声が返ってきた。失礼いたします、といって若者が静かに板戸を開けた。

八畳間に、十徳を羽織った男が一人、座していた。仁平たちは一礼してから、医療部屋に足を踏み入れた。医者と思える男の前に厳造が端座し、仁平はその後ろに控えるように座った。

「手前が恭右ですが、どうされました」

穏やかな声音で恭右が厳造にきいた。恭右は五十半ばと思える医者で、一見しただけでは腕の善《よ》し悪《あ》しはわからないが、少なくとも経験は深そうに見えた。

「こちらのお方が風邪気味のようです」

厳造を手で指し示して、若者が恭右に説明する。

「体がだるくて、熱があるみたいなんですが」

恭右を見て厳造が答えた。

「さようか。どれどれ、まずは脈を診てみようかな……」

恭右が厳造の左手首に触れた。

「ふむ、少し速くて浅い。これは、風邪の引きはじめと考えてよい兆候ではあるな」

「ああ、そうですか」

恭右の言葉を聞いて、厳造は安心したようだ。

「どれ、念のために舌を見せてくれるかな」

いわれて、厳造が口を開ける。恭右が口内をのぞき込んだ。

「うむ、別に舌も荒れておらん。よし、閉じていいよ」

はい、といって厳造がいわれた通りにした。

「風邪の引きはじめであろう。いま葛根湯をあげるので、飲んでいきなさい」

風邪の引きはじめに、葛根湯ほど効く薬はない。それは確かである。

仁平に、本当に厳造が風邪なのかという危惧がないわけではないが、今は出しゃばるわけにはいかない。人足寄場付きの医者が風邪だといっているのだから。

葛根湯はすでに煎じたものがあるようで、若者が湯飲みを厳造の前に置いた。湯飲みには、茶褐色の液体が半分ほど入っている。

「さあ、飲みなさい」

恭右にいわれ、厳造が湯飲みを手に取った。

「これが葛根湯ですかい。初めて飲みますよ」

恐る恐る液体を見つめている厳造に、恭右が笑いかけた。

「薬湯だから薬くささはあるが、味は甘い。初めてだからといって、決して飲めないような薬ではない」

「わかりました」

意を決したようにいって厳造が湯飲みに口をつけ、傾けた。喉を鳴らして一気に飲む。

「ああ、本当だ。甘いですね。これならいくらでも飲めそうだ」

微笑した厳造が、空になった湯飲みを若者に返す。

「それはよかった」

恭右がうれしそうに笑う。

「これで、しばらく様子を見ればよい。だるさや熱が続くようであれば、また来なさい」

「わかりました。ありがとうございました」

元気よくいって厳造が立ち上がる。だが、そのときよろけた。すぐさま手を伸ばし、仁平は後ろから厳造を支えた。

「大丈夫か」

厳造の顔を見て仁平はきいた。

「ああ、大丈夫だ」

うなずいて厳造が答えた。

「急に立ち上がったせいで、めまいがしただけだ」

「それならよいが……」

医療部屋を出た仁平たちは、病人置場をあとにした。

「厳造、食いけはあるか」

とりあえず宿所のほうに向かって歩きながら、仁平はたずねた。

「いや、まだあまりない」

「そうか。では、宿所に帰って横になるか」

「うむ、そうしたい」

すぐに気がかりそうな眼差しを、厳造が仁平に注いでくる。

「仁平さんは腹が空いているだろう。俺のことは気にせんでよいから、夕餉をとってきてくれ」

「厳造、よいのか」

「当たり前だ。俺たちは、明日から働きはじめることになるのだろう。しっかりと食べておかねば、体が保たん」

確かにその通りだ、と仁平は思った。

「だが、それなら厳造はどうするのだ」

「俺は、今夜中にこの風邪を治すつもりだ。明日の朝餉《あさげ》をたっぷりと食べて、仕事に備えればよいのではないか」

「確かにその通りだな。では、言葉に甘えて、俺は夕餉を食べに行く」

「うむ、そうしてくれ」

か細い声でいって、厳造が笑みを浮かべた。

「しかし仁平さん、ここから逃げ出そうなどと考える者はいるのかな」

すっかり暗くなった寄場内を見渡しつつ、厳造がいった。すでにあたりに人影はほとんどないが、いくつもの明かりが灯って、寄場内をほのかに照らしている。美しい景色だな、と仁平は感じ入った。

「逃げれば死罪だからな。公儀が、これだけ居心地のよい場所を用意してくれているのだ。よほどのわけがない限り、逃げる者などおるまい」

「そうだよな」

もちろん仁平にも、逃げ出そうなどという気は、これっぽっちもない。

二

高くかざした大槌を、杭に向かって振り下ろす。

ごん、と音がし、杭が沈んだ。今日の仁平の相方は徳一《とくいち》という無宿人で、厳造に似てほっそりとしており、力はあまりなさそうだ。自然、杭を手で支えるほうに回っている。

まだ若く、歳は二十三ということだ。この手の仕事をしたことがほとんどないらしく、寒い、寒いと口にしてばかりいる。

顔を合わせたときに話を聞いたところ、仁平たちと同様、一昨日、人足寄場に来たばかりで、今日が初めての仕事のようだ。

徳一の唇は真っ青で、全身に震えが走っている。今にも倒れてしまいそうだが、必死に踏ん張っているさまが見て取れる。

仁平としては助けてやりたいが、これぱかりはどうすることもできない。一刻も早く、徳一に仕事に慣れてもらうしかない。

仁平も初めてこの仕事に就いたときは春先だったが、あまりの寒さと水の冷たさに震え上がったものだ。

それが今は、こうしてなんとかなっている。徳一もきっと同じではないかと思うのだ。

「徳一、決して手を動かすなよ。俺を信じておれ。動かさなければ、俺がおぬしの手を潰すことはない」

「あ、ああ」

仁平を見て、徳一がうなずく。

今日も新たな河岸をつくるために、仁平は半身を流れに浸して働いている。人足寄場行きになったからといって、していることは、これまでと変わらない。

これでよいのだ、と杭を打ちながら仁平は思った。

――俺は、このまま運命に逆らうことなく生きていくだけだ……。

仁平や徳一以外にも、人足寄場からやってきた者がこの場所には三十人ほどいる。いま仁平の気にかかっているのは、厳造のことである。今朝は起き上がったものの、やはり体がひどくだるいということで、朝餉を食べなかった。そのために仁平は、厳造をすぐさま医療所に連れていった。

恭右の手当を受けて、厳造は果たしてどうなったか。

――あれだけ悪いということは、やはり風邪ではないのかもしれぬ……。

しかし、今の自分にできることはなにもない。とにかく恭右を頼りにするしかないのだ。

厳造のことを頭の隅に寄せ、仁平が仕事に熱中しているうちに日が傾き、あたりが徐々に暗くなってきた。七つ半という頃合いであろう。

風は強さと冷たさを増しており、体を切りつけるような勢いで吹きつけてきている。徳一が、またしてもがたがたと体を震わせはじめた。

日のあるうちはよかったが、これだけ寒くなってくると、さすがにもう耐え切れないのではないか。今にも、水の中に顔を突っ込んでしまうのではないか。

——徳一のためにも、もう仕事が終わりになればよいが……。

そんなことを仁平が思った直後、大きな声が岸からかかった。

「よし、仕舞いにしろ」

仁平たちの作業を、岸から見守っていた役人が声を張り上げたのである。

それを聞いて、仁平は胸をなで下ろした。

「よし、徳一。終わったぞ」

笑顔で仁平は声をかけた。

「あ、ああ」

岸に上がって焚火に当たるように、役人が人足に向けていった。まったく寒いなあ、今日は特にきつかったぜ、などといい合いながら、人足たちがぞろぞろと岸に上がっていく。

仁平は、徳一に手を貸して岸に上げた。済まねえ、と徳一が礼をいった。

続いて岸に上がった仁平は、濡《ぬ》れた体を手ぬぐいで拭いた。焚火に当たると、極楽のように思えた。

「ご苦労だったな」

笑みを浮かべて役人が仁平たちをねぎらう。

「体があったまったら、寄場に戻るぞ」

水玉模様の着物を着込み、仁平たちは歩き出した。その様子を、道行く者たちが物珍しそうに見ている。
十五、六町ばかりを歩いて、仁平たちは大川の西岸にやってきた。すぐさま渡し船に乗り込み、石川島に向かう。
川面を渡る風は強く、舳先《へさき》に波が当たるたびに水しぶきが降りかかってくるが、船頭の腕は確かで、船は何事もなく石川島の船着場に到着した。

仁平たちは、どやどやと船を下りた。船着場は人足寄場の出入口そのものといってよく、そばにある冠木門《かぶきもん》は大きく開かれていた。

一緒に渡し船で来た役人が船着場の端に立ち、冠木門をくぐっていく仁平たちを見守っている。

船頭だけになった渡し船は、さっさと船着場を離れていった。船着場につないでおくと、寄場から逃げ出そうとする者が、船を逃走の手段として使う恐れがあるからだろう。

仁平たち全員が寄場内に入ったところで、門番の手で冠木門が音を立てて閉じられた。

「よし、おまえたちは風呂に入れ」

最後に門をくぐった役人が、仁平たちに命じてきた。

これはありがたい、と仁平は心から思った。人足寄場に来る前に役人からいわれていたが、仕事が終われば、人足寄場内で暮らす者は風呂にほぼ毎日、入れるのだ。

これはすごいことだぞ、と仁平は感嘆せざるを得ない。人足寄場内で暮らす者の体を清潔にしておくことこそが、身体《からだ》の健やかさを保つ秘訣《ひけつ》であると、上の者は熟知しているのであろう。

風呂場は、病人置場から五間ばかり離れた場所に建てられている。屋根付きの建物だが、十五畳間ほどの広さしかなく、三畳ばかりの洗い場と、小さな湯船が五つ用意されているだけである。

湯は海水を沸かしているようで、それぞれの釜で薪ががんがんと燃えている。だが、大勢の者が入ることで湯があっという間に汚れていくため、次から次へと海水がいれられているせいで、いくら薪を燃やしていても、かなりぬるかった。

それでも汗を流せぬよりはよい、と仁平は思った。湯船に肩まで浸かると、湯が体に染みるようにあたたかく感じた。

しかし、人足仕事をしてきた者がまだたくさん待っているために、のんびり湯を楽しむわけにはいかなかった。

だが徳一だけは別だ、と仁平は考えていた。

「おめえ、ちと長えんじゃねえか」

人より長く湯に浸かっている徳一を見て、一人の男が文句をいった。その男の前に、仁平は立った。

「申し訳ないが、この男は今日が人足として初日だったのだ。長く湯に浸からせて疲れを取らせてやりたい。だから、大目に見てやってくれんか」

男がまじまじと仁平を見てくる。

「ほう、こいつ、初日だったのかい。ならば、仕方あるめえ」

その男は、もうなにもいわなかった。このまま徳一が出るのを待つ腹のようだ。

話のわかる男でよかった、と仁平は胸をなで下ろした。

とにかく徳一は、体を芯から温めない限り、体力を回復することができず、おそらく飯も喉を通らないだろう。歯の根が合わず、ろくに眠ることもできないはずだ。

やがて徳一が湯船を出た。待たせた男に声をかける。

「おまちどおさん。済まなかったね」

「おう、気にすんな」

笑顔で徳一が仁平のそばに寄ってきた。

「仁平さん、助かったよ」

手ぬぐいで体を拭きながら、徳一がにこにこと礼をいった。

「おかげで、体が楽になった」

「それはよかった」

風呂場の出入口にある三和土には、いくつもの下駄《げた》が置かれている。それを履いて仁平は、徳一と一緒に人足用の長屋に向かった。

「ところで徳一、おぬしはなぜ人足を選んだのだ」

下駄の音をさせながら、仁平はきいた。それか、と徳一がいって仁平を見る。

「俺は生まれつき手先が不器用なんで、ここで手に職をつけるのは無理だと思ったんだ。だから力仕事を選んだんだが、まさか人足仕事があれほどきついとは思わなかった……」

歩を進めつつ仁平は、徳一の頼りない体を見やった。

「徳一、故郷はどこだ」

「江戸さ」

ほう、と仁平は少し驚いた。

「江戸の者なのに、人足寄場にいるのか」

仁平にいわれて、徳一が苦い顔になった。

「おとっつぁんに勘当されたんだ。それで、人別帳からも抜かれちまった」

なんと、と仁平は目をみはった。

——そこまでするとは、父親の怒りはすさまじかったのだな……。

この男はいったいなにをしたのだろう、と思ったが、仁平はきかなかった。徳一が、わけなどいいたくないのではないかと考えたからである。

だが、案に反して徳一が口を開いた。

「実家は商売をしているんだが、おとっつぁんが大事に取っておいた支払いのための金を、俺はきれいさっぱり使っちまったんだ。なにに使ったかというと、女だよ。惚《ほ》れた女に使ったんだ」

「女か……」

さもありなん、と仁平は思った。女の口車に乗って金をほいほいと出しそうな甘さが、徳一の顔にはっきりと出ているからだ。

「俺が金を使っちまったせいで、得意先への支払いができなくなり、そのために実家は傾きかけた。ある取引先が救いの手を差し伸べてくれて、なんとか潰れるのは免れたが、激怒したおとっつぁんは俺を許さなかった。家から叩き出したんだ」

　唇を嚙《か》んで徳一が、情けなさそうに首を横に振った。

「それで無宿人になったのか」

「そういうことだ」

　すねたように徳一が答えた。富裕な商家のせがれだったのか、と仁平は思った。

「叩き出されたあとは、どうした」

「とにかく食うに困った。金がないのが、これほど難儀なものだと初めて知った。なにも食べられず、どうしようもなく腹が空いて、焼芋を盗んだ。そうしたら、とっ捕まっちまって、ここに叩き込まれたんだ」

　ぼやくように徳一がいった。

「まったく下手を打っちまったよ」

「焼芋か……」

「まだ一口も食べてもいなかったのに。うまそうだったなあ、あの焼芋……」

　悔しそうに徳一がつぶやいた。

人というのはいろいろいるものだな、と感慨深く思いながら仁平は人足の長屋に戻り、手早く着替えを済ませた。再び下駄を履き、病人置場に向かおうとした。

「あれ、仁平さん、夕餉を食べに行かないのかい」

仁平が向かう先が食堂でないことに気づいた徳一が、不思議そうにきいてきた。

「ちと用がある。夕餉は、それを済ませてから食べるつもりだ」

「用ってなんだい」

「病人置場に行ってくる」

「えっ、仁平さん、どこか悪いのかい」

「いや、見舞いだ」

どういう事情なのか、仁平は徳一に簡潔に説明した。

「へえ、その厳造さんという人の具合が悪いのか。そいつは大変だな」

別に大変とも思っていないような顔で、徳一がいった。

「では行ってくる」

徳一に告げて、仁平は再び歩き出した。

病人置場の建物に着き、医療所の入口に入る。医療部屋に行って訪《おとな》いを入れようとしたが、その必要はなかった。板戸が開き、医療部屋は無人だったからだ。

――恭右先生はどこに行ったのかな。

そこには厳造の姿もなかった。

――病人置場に行ってみるか。厳造は移されたのかもしれぬ。

いったん医療所を出て、改めて玄関から病人置場に入る。

式台の上に行灯が一つ置かれ、あたりに淡い光を放っていた。静、と一字だけ書かれた衝立《ついたて》が廊下に置かれている。

――これは、立ち入る者は静かにせよ、といっているのだろうな。それとも安静という意味だろうか。

衝立を見て、仁平は思った。おそらくその両方なのだろう、玄関脇に帳場らしいものがあったが、そこは無人だった。

――誰か掛《かかり》の者がいるのだろうが……。

もう暮れ六つが近いために、仕事を終えて帰ったのかもしれない。

下駄を脱いで式台に上がり、仁平は廊下を歩き出した。角を曲がってきた白衣の男とぶつかりそうになった。男が仁平を見てひどく驚いた。

「見舞いの方か」

白衣の男が仁平にきいてきた。

「そうだ。厳造という者に会いたいのだが、こちらにいるか」

「厳造さんか。ああ、おりますよ。わかりのいい人で、ああいう人ばっかりだったら、手前どもも助かるのだが……」

男は、病人置場で働く者らしい。医者ではなく、患者の介添えをしているのではないか。

「こちらにどうぞ」

男に案内されて、仁平は病人置場に行った。そこは、五十畳はあると思える広い座《ざ》敷《しき》で、多くの者が寝かされていた。

介添えの者はほかにもいるようで、患者の世話を焼いているらしい男の姿が何人か目についた。

座敷には行灯がいくつか灯されてはいるものの、中は薄暗かった。大火鉢に火は入れられ、外に面した腰高障子はすべて閉じられているが、座敷内はあたたかいとは、とてもいえなかった。

ずしりと重いなにかが澱《よど》んでいるように、仁平は感じた。

——この座敷は、病人には、あまりよくないようだな……。

病人置場の様子を目の当たりにして、仁平は思った。

――しかし、こんなに大勢の者が病にかかっているのか……。

少なくとも、二十人以上の者が布団に横になっていた。やはり歳を取った者が多いように見えた。

いずれも生気のない者ばかりで、掻巻を着込み、縮こまって眠っていた。いびきをかいている者もいたし、せわしない寝息をついている者もいた。苦しげになにか寝言をいっている者もいた。

――まさしく置場としかいいようがないな。

病人たちの布団を踏まないように歩いて、仁平は厳造の枕元に座った。

厳造も眠っていたようだが、なにかよくない夢でも見ているのか、顔をゆがめていた。仁平の気配に気づき、はっとして目を開けた。眠りは浅かったようだ。

「ああ、よく来てくれたな、仁平さん」

にこりと笑んで厳造がいった。

その顔を見て、むっ、と仁平は眉根を寄せかけたが、すぐにとどまった。

厳造の顔色はさらに悪くなっており、どす黒さを増していたのだが、そのことを厳造に悟られたくはなかったのだ。

「具合はどうだ」

平静な声音で仁平はきいた。

「それが、あまりよくないんだ……」

枕に置いた首を小さく振り、渋い顔で厳造が答えた。

「俺は長くないのではないかな……」

ため息とともに厳造が弱音を吐く。

「なにを気弱なことをいっているのだ」

眠っている周りの者を起こさないように声は低くしたが、仁平は厳造を叱りつけた。

「しかし仁平さん。体のだるさは消えんし、熱も続いている。俺は、このまま死んでしまうにちがいないんだよ」

「そんなことはない」

強い口調で仁平は否定した。

「おぬしは大丈夫だ。そんな柔《やわ》にできておらんだろう。それで、恭右先生はなんとおっしゃっているのだ」

「風邪ではないかもしれん、といって薬湯と粉薬を飲ませてくれた」

「それらは、なんという薬だ」

「いや、知らねえんだ。葛根湯でないのだけはまちがいねえが」

「そうか」

腕組みをして少し思案した仁平は厳造に、舌を見せるようにいった。

「あ、ああ」

うなずいて厳造が口を開けた。近くの行灯を引き寄せ、仁平は厳造の舌を見つめた。舌の両側面が赤みを帯び、少し腫れているように見える。

「よし、もうよい」

いわれて厳造が口を閉じた。

「今度は目を見せてくれ」

手を伸ばし、仁平は厳造の目を大きく開いた。白目がかなり黄色くなっている。

――やはり肝の臓が悪いようだ。しかし、昨日はここまで目は黄色くなかった。葛根湯がよくなかったのだな。

葛根湯は、肝の臓に重い負担をかけることがあるのだ。

「なあ、仁平さん。恭右先生もおっしゃっていたが、俺は風邪じゃないんだな」

「風邪ではない」

厳造を見つめて仁平は断じた。

「だったら、どこが悪いんだい」

「俺には肝の臓ではないかと思える」

「肝の臓か……。酒は、肝の臓に悪いんだったな」

「酒は、肝の臓にとって一番の大敵だ。だが、厳造は酒を大して飲まんゆえ、ほとんど関係ないのではないか」

「それがそうでもないんだ」

済まなげな顔で厳造がいった。

「どういう意味だ」

「前は、浴びるように飲んでいたんだよ。将来に備えて金を貯めることにしたら、自然にあまり飲まなくなっていっただけなんだ」

「そうだったのか。前は飲んでいたのか……」

「あまり飲まなくなったとはいえ、最近でも時折、飲んでいた。すでに肝の臓をかなり痛めつけていたのに、我慢できずに飲んじまったつけが回ってきたんだな」

「案ずるな、厳造。酒をやめさえすれば、肝の臓は元通りになるものだ。今からでも遅くはない」

すべての者の肝の臓が快復するとは限らないが、酒を飲まなくなれば、たいていは快方に向かう。

「あとは薬だな」

腕組みをして仁平はつぶやいた。

「元竜湯《げんりゅうとう》に完剛散《かんごうさん》、あと真彫胡丸《しんちょうこがん》があればよいか……。江戸なら、いずれも手に入れることは、さして難しくなかろう」

「仁平さんは、薬にも詳しいのか」

瞠目して厳造がきいてきた。

「いや、そうでもないが……」

「しかし、いま仁平さんが口にした薬は、俺は初めて聞いたものばかりだったぞ。詳しくない人が、とても知っているとは思えないような薬だった」

厳造、と仁平は穏やかな声で呼びかけた。

「恭右先生は、今の三つの薬のことを口にしておらなんだか」

仁平にいわれて厳造が考え込む。

「おっしゃっていなかったな。おっしゃっていたのは、別の薬だったような気がする」

そうか、と仁平はうなずき、力強い口調で宣した。

「おぬしの病は、俺が必ず治してやる」

「えっ、仁平さんが俺の病を治してくれるって。そいつは本当かい」

びっくりしたように厳造がきいてきた。

「本当だ」

一瞬のためらいもなく仁平は答えた。

「そんなことができるなんて、仁平さんはいったい何者なんだい」

仁平をしげしげと見て厳造が問うてきた。

「別に何者でもない。どこにでもいる凡夫に過ぎん」

「凡夫にはとても見えねえが……」

「とにかく、俺がおぬしの病を治す。いろいろ世話になった恩返しだ」

「恩返しだなんて、俺はなにもしてねえよ」

「俺は、おぬしに恩に着ている。だから、恩返しをするのだ。人から受けた恩義を当たり前のことだと思い、返そうとせん者にはなりたくない」

「さすがに仁平さんは人として出来がちがうねえ」

感心したように厳造がいった。

「よくわかったよ。ならば、仁平さんに任せてみよう。仁平さんは、あれだけ長くやった杭打ちで、俺の手を一度も打たなかった。それだけ信用できる人だからな」

うむ、と仁平は顎を引いた。

——病に関しては、杭打ち以上に信用してもらってよいぞ。

「厳造、よく決意してくれた。では、明日また来る。おとなしく寝て待っておれ」

「わかった。仁平さん、わざわざ来てくれて、うれしかったよ」

少し切なげな顔で厳造がいった。

「俺もおぬしの顔を見られてよかった」

厳造に告げて、仁平は立ち上がった。座敷から玄関に向かう。

「もう長屋に帰るんですか」

厳造のもとに案内してくれた介添えの男にきかれた。

「いや、恭右先生に会いに行くつもりだ」

「でしたら、そこの廊下を行けばいいですよ。ここともつながっていますから」

「それはよいことを教えてくれた」

「先ほど恭右先生は助手の方と一緒に食事に行かれたみたいですけど、もうお帰りになっているでしょう」

医療部屋に誰もいなかったのは、そういう理由があったのだ。

廊下を歩いて医療部屋の前に立ち、仁平は板戸越しに恭右を呼んだ。

恭右ではない男の声で返事があり、板戸が開いた。敷居際に助手の若者が立っている。

今朝も来たから若者は覚えているはずだったが、仁平は改めて名乗った。

「こちらで世話になっている厳造の友垣《ともがき》で仁平というが、恭右先生はいらっしゃるか」

「はい、いらっしゃいます」

助手の若者が答え、背後をちらりと見た。大きな文机《ふづくえ》の前に恭右が座っていた。

医療部屋の真ん中にある文机には、大ぶりの湯飲みがのっている。中身は透明で、茶のようには見えなかった。

「お入りなさい」

にこりとして、恭右が仁平を手招いた。

「では失礼する」

一礼して敷居を越え、仁平は恭右の向かいに座した。

「いかがされました」

静かな声で恭右がきいてきた。息が少し酒臭い。湯飲みの中身は酒のようだ。

今日はもう仕事を終えたのだろうから、恭右がこの刻限に酒を飲んでいることに、文句をいう筋合はない。

「厳造のことで話がある」

居住まいを正して仁平は語り出した。

「どうやら肝の臓が悪いようなのだが、恭右先生がどのようなお見立てなのか、うかがいたい」

いきなりそんなことを仁平にいわれて、恭右は面食らったようだ。仁平をまじまじと見てきた。

そばにいる若者も驚いたようで、身じろぎ一つせずに仁平を見つめている。

「おぬし、医術に詳しいのか」

唾を飲み込んで恭右がきいてきた。

「俺のことはどうでもよい」

少し強い口調で仁平はいった。

「俺は、厳造について話をしたいのだ」

むっ、と声を発し、恭右が気圧《けお》されたような顔になった。

「厳造か……」

脳裏に面影を引き寄せるかのように恭右がつぶやいた。

「肝の臓が悪いのは確かのようだが……」

「今日、恭右先生は薬湯と粉薬を厳造に与えたようだが、それらはなんという薬かな」

やや怒りをたたえたような顔で、恭右が仁平を見る。

「仁平どの、なにゆえそのようなことをきくのかな」

「厳造は、俺が治そうと思っているからだ」

「そなたに、そのようなことができるのか」

「できる。だから恭右先生、二つの薬を教えてくれ」

姿勢を正して、仁平は恭右を見つめた。恭右が目をそらした。

「さあ、早く」

「あ、ああ。わかった」

額に汗が浮いたか、恭右が手のひらで拭うような仕草をした。

「発気湯《ほっきとう》に未嶺散《みれいさん》だ」

その薬の名を聞いて、仁平は顔をしかめた。

——その二つとも、体に生気を取り戻す働きが強い薬だな。厳造のひどく弱っている肝の臓には、むしろよくなかろう……。

葛根湯ではなく、この二つの薬が厳造の病を悪くさせたのではないか。そんな気がする。顔を上げ、仁平は恭右を見た。

――申し訳ないが、やはり厳造をおぬしに任せてはおけぬ。

仁平は心で語りかけた。

「先生、ここに元竜湯、完剛散、真彫胡丸はあるか」

えっ、と恭右があっけにとられたような顔つきになった。助手の若者も、似た表情をしている。

「いや、こ、ここにはないな……」

どうやら恭右は、いま仁平が口にした三つの薬は初耳のようだ。

「さようか。では、ここにない薬を手に入れるには、どうすればよい」

きかれて恭右が喉仏を上下させた。

「仁平どのは、寄場役人の見矢木どのを知っておるか」

「むろん存じている」

「薬を取り寄せてもらうには、見矢木どのを通じて頼むことになっておる」

そうか、と仁平はいった。

「ならば、見矢木どのに会うことにしよう」

「仁平どの――」

身を乗り出して、恭右が呼びかけてきた。

「先ほどの三つの薬は、肝の臓の病に効くのだな」

医者だけのことはあって、恭右は初めて耳にした薬に興趣を抱いたようだ。

「その通りだ。三つの薬を掛け合わせることで、さらに著効を得られる」

「ほう、そうか。覚えておこう」

感嘆したようにいって恭右が文机の引出しから帳面を取り出し、筆を手にした。帳面を文机の上に広げ、硯《すずり》の墨に筆をつける。

「仁平どの、済まんが、もう一度、三つの薬の名をいってくれるか」

「お安い御用だ」

どのような字を当てるかも、仁平は恭右に伝えた。わかったといって、恭右がすらすらと帳面に薬の名を書きつける。

「ただし、著効を持つ薬だからといって、闇雲に投薬してはならん。病の重さと薬の量を見極めることが肝心だ」

恭右にいい置いて、仁平はすっくと立ち上がった。

「では、これから見矢木どのに会ってくる」

恭右に告げて、仁平は板戸を開けた。

「仁平どの、おぬし、いったい何者だ」

仁平の背中に、恭右が言葉を投げてきた。仁平は振り向いて恭右を見た。

「別に何者でもない。ただの凡夫に過ぎん」

「おぬしが凡夫ということは、あり得ん」

恭右の言葉を聞き流して仁平は廊下に出た。

玄関で下駄を履き、人足寄場内にある役所を目指す。

人足寄場の敷地を横切った仁平は役所の玄関前に立ち、中に向けて声を発した。

「見矢木どのはいらっしゃるか」

しかし応えはなく、誰もいないかのように役所内は静かなものだ。

もう一度、仁平は牧兵衛の名を呼んだ。すると、牧兵衛本人が奥から姿を見せた。

雪駄を履き、玄関を出てくる。

「名を呼ばれたような気がしたから出てみたのだが……。どうした、仁平」

仁平の前に立ち、牧兵衛がきいてきた。

「三種の薬がほしいのだが、おぬし、調達できるか」

「薬だと」

仁平をじっと見て、牧兵衛が眉間にしわを寄せた。

「おぬし、どこか具合が悪いのか」

「俺は元気なものだ」

「では、なにゆえそのようなことをいう」

「薬を必要としている者がいるからだ」

「三種といったが、どのような薬を必要としているのだ」

「肝の臓の薬だ。今から薬の名をいうから、手に入れてほしい」

「その三つの薬は、ここにはないのか」

「ない。それは恭右先生から聞いた」

「なにゆえおぬしが薬をほしがるのだ。恭右先生に頼まれたのか」

「そうではない。俺が厳造の病を治すつもりでいるからだ」

「なんだと」

思ってもいない答えが返ってきたようで、牧兵衛が目をむいた。

「まことに申し訳ない物言いになるが、恭右先生では厳造の病を治せん」

牧兵衛が、険しい目で仁平をにらみつけてきた。

「恭右先生は、よい医者だぞ」

「それはよくわかっておる。そうでなければ、人足寄場付きの医者には、なれんだろう」

「そこまでわかっていて、自分で厳造の病を治すというのか……。おぬしは医者なのか」

「医者ではない」

医者だったというべきだろうな、と仁平は思った。

「だが、恭右先生よりは腕がよいのは、まちがいない」

牧兵衛を見つめて仁平は断じた。

「大した自信だな」

仁平から目をそらすことなく牧兵衛がいった。ふっ、と息を吐くと同時に、肩から力を抜いたのが知れた。

「厳造は難病なのか。昨日、顔色がよくなかったのは覚えておるが……」

「肝の臓がひどく悪い」

「肝の臓が……。もしや命に関わる病なのか」

「放っておけば、あと三月も保《も》つまい」

「なんと、そんなにひどいのか」

驚きの思いを隠さずに牧兵衛がいった。

「そのことを厳造には、告げたのか」

いや、と仁平はかぶりを振った。

「なにもいっておらん」

そうだろうな、と牧兵衛がつぶやく。すぐに面《おもて》を上げ、仁平を見た。

「仁平、手遅れではないのか」

「まだぎりぎり間に合おう」

「それだけひどくなってしまっている病を、おぬしは治せるというのだな」

「俺が今からいう三つの薬を用意してくれるのなら……」

むう、とうなるような声を発し、牧兵衛はしばらく無言で仁平を見つめていた。

「おぬし、いったい何者だ」

そんな問いを牧兵衛がぶつけてきた。

「別に何者でもない」

「なにか訳ありだとはにらんではいたが、やはりただ者ではなさそうだな」

「いや、凡夫に過ぎん」

「凡夫にそれほどの難病が治せるわけがない」

断言するようにいって、牧兵衛が口を閉じた。またしばらくなにもいわずに仁平を凝視していた。

「わかった」

目を仁平に据えたまま、牧兵衛がゆっくりと首を縦に動かした。

「仁平、その三つの薬とやらをいってみろ」

腰に下げた矢立から筆を取り出し、牧兵衛が身構える。

「おぬし、帳面は持っておらんのか」

「今はない。ゆえに、手のひらに書きつける」

そういうことか、と納得した仁平は、すらすらと薬の名を口にした。

「元竜湯、完剛散、真彫胡丸。よし、この三つだな」

自分の手のひらをじっと見て、牧兵衛が確かめてきた。

「そうだ。すぐに用意できるか」

「できると思う。懇意にしている薬種問屋があるゆえ」

「その薬種問屋は大店《おおだな》か」

「おぬし、品揃《しなぞろ》えを案じておるようだな。それについては、なにも心配いらぬ。江戸でも屈指の大店だ」

「なんという店だ」

「和泉屋《いずみや》だ。知っておるか」

「ああ、知っている」

牧兵衛を見据えて、仁平は首を縦に振った。

「五享麻淋散《ごきょうまりんさん》という腎の薬で名が知られた薬種問屋だな」

五享麻淋散には、地膚子《じふし》という薬種が使われていると聞いている。地膚子は腎の働きを盛んにし、小便の出をよくする効能がある。

「ほう、沼里領の出だというのに、よく知っておるな」

さして意外そうでもなく牧兵衛がいった。仁平なら知っていても、なんらおかしくはないといいたげである。

——俺は、参勤交代で江戸には何度も出てきているゆえ。

その言葉を仁平は、のみ込んだ。

——和泉屋ほどの大店なら、まず揃っているであろう。

「それで、いつ用意できる」

すぐさま仁平は牧兵衛にたずねた。

「明日の夕方には用意できよう」

「それはありがたい」

仁平は、また明日も人足仕事で今日と同じ普請場に行くことになるだろう。帰りも似たような刻限になるはずだ。

人足寄場に帰ったそのときに牧兵衛から三つの薬を受け取り、厳造に服用させればよい。その手順で、なんの問題もなさそうである。

「しかし見矢木どの」

顎を一つなでて仁平はたずねた。

「和泉屋がただでその三つの薬をくれるわけがないが、おぬし、金は持っておるのか。いま俺がいった三つの薬を揃えるとなると、かなり高くつくぞ」

「なに、心配いらぬ」

笑い飛ばすように牧兵衛がいった。

「人足寄場には御用金が下されている。俺はそれを使うつもりだ」

「御用金か。公儀はどのくらい出してくれているのだ」

「おぬし、そのようなことを知りたいのか。年に三百両だ」

「ほう、けっこうくれるのだな」

「前は五百両だったが、減らされた。ここでは五百人以上の者が暮らしておるゆえ、年に三百両ではまったく足りぬ。だから、そなたらに人足仕事や油絞り、炭団つくりをさせておるのだ。それらでの稼ぎを、人足寄場の費えに当てておる」

そういう仕組みで人足寄場が営まれているのは、仁平も前もって聞いていた。

人足寄場の運営に足りない分を皆で必死に稼いでいるのに、厳造一人のために高価な薬を購《あがな》うことに仁平は一瞬、ためらいを覚えた。だが、薬代を人足仕事で稼いで返していけばよかろう、と思った。

——人足仕事では、いつすべての金を返せるかわからぬが……。

人足寄場にいる三年では、多分、返済に間に合わないだろう。

「では見矢木どの、三つの薬を頼んだぞ」

腹に力を込めて仁平は依頼した。

「任せておけ」

どんと胸を叩いて、牧兵衛が仁平に請け合ってみせた。

三

今日の仁平の相方は、比佐蔵《ひさぞう》という男である。

昨日、徳一が湯船に長く浸かっているときに文句をいったものの、仁平がわけを話したら、快く引き下がってくれた男だ。

徳一自身は昨日一日で人足仕事のあまりのきつさに懲りたらしく、今日から銭差しの仕事に回ったそうである。

銭差しとは、穴あきの銭に麻や藁《わら》の縄を通して、百文や三百文、千文などにまとめることをいう。

百文の銭差しには、実際には九十六文しかない。差額の四文が両替屋の口銭となるが、百文の銭差しは百文として使えることになっている。

――人足仕事に比べたら、銭差しはさぞ楽であろう。

一枚一枚、銭を縄に通していくのである。根気がいる仕事だろうが、さして体がきつくはないだろう。ずっと座っていられるはずである。

――徳一にとっても、よかったのではあるまいか……。

今日の相方の比佐蔵は人足寄場に来て、もう三年目だという。柿色の無地の着物に、水玉は入っていない。

それだけ長くいると、人足仕事もさすがに堂に入っており、寒風などものともしない。杭を手で押さえるのも厳造並みにうまく、おかげで仁平は、気持ちよく一日の仕事を終えることができた。

夕刻前に渡し船で人足寄場に戻るやいなや、仁平は牧兵衛に会いに役所に向かった。玄関前には門番がおり、すぐに牧兵衛に取り次いでくれた。

「どうだ、用意できたか」

牧兵衛の顔を目にした仁平は、挨拶もそこそこにきいた。

「ああ、この通りだ」

油紙に包まれ、紐《ひも》でくくられた紙袋を、牧兵衛が笑みを浮かべて持ち上げてみせる。

「この中に、おぬしにいわれた三つの薬が入っておる」

「ありがたし」

油紙に包まれた紙袋を目の当たりにして、仁平は素直にうれしかった。

「さあ仁平、持っていくがよい」

仁平を見つめて、牧兵衛が油紙に包まれた紙袋を手渡してきた。

「恩に着る」

頭を下げて仁平は受け取った。三種の薬が入っているだけの油紙の包みは軽いものに過ぎないが、牧兵衛の厚意がずっしりと重みをもって感じられた。

「おぬしに借りができたな」

仁平がいうと、牧兵衛がにこりとした。

「それは、厳造の病が根治したときに返してくれればよい」

笑顔でいう牧兵衛に改めて礼をいって、仁平は病人置場に向かおうとした。

「おい、仁平」

背後から牧兵衛に呼び止められた。立ち止まり、仁平はさっと振り向いた。

「なにかな」

「先に風呂に入っていったほうがよい」

苦笑している牧兵衛にいわれ、仁平は自分の全身を見下ろした。水玉の着物はまずまずきれいなものだが、むき出しの足や腕は泥だらけだ。

これでは牧兵衛のいう通り、病人置場を訪れるのにふさわしい形《なり》ではない。

「わかった。先に風呂に行ってくる」

牧兵衛に伝えて、仁平は風呂場に向かった。

しかし、風呂場は一緒に神田川の普請場で働いていた人足たちで一杯だった。

これではいつ番が回ってくるかわからず、仁平は湯に入るのをあきらめた。風呂場の三和土で下駄を借り、寄場内の北側にある井戸を目指す。

そこには誰もいなかった。着物と下帯を脱いだ仁平は井戸水を汲《く》み、桶《おけ》を頭上で反転させた。ばしゃん、と音を立てて井戸水が頭から全身にかかった。だが、さほど冷たさを覚えなかった。

――井戸水は冬あたたかく、夏は冷たいというが、まさにその通りだな。

何杯か桶の水をかぶると、体の汚れがすっかり洗い流され、すっきりした。気持ちいいな、と思いつつ仁平は手ぬぐいで頭と体を拭いた。

手早く着物を身につけ、かたわらに置いておいた油紙の包みを持った。病人置場に向かおうとしたが、仁平はとどまり、その場で油紙の紐を手でちぎった。中を見ると、三つの白い紙袋が出てきた。

それぞれの紙袋に、元竜湯、完剛散、真彫胡丸と達筆で記されていた。

――うむ、ちゃんと合っているな。

完剛散と真彫胡丸は水と一緒に厳造に飲ませればよいが、元竜湯を煎じるのには火と鍋が必要である。

――病人置場にも台所があろう。そこを貸してもらえばよいな……。

元竜湯を煎じるのは、余人に頼めることではない。元竜湯は量をまちがえれば、下手をすれば、患者の死を招いてしまうかもしれないほど強い薬なのだ。

――その意味でも、見矢木どのを介して薬を頼んだのは正しかったな。

牧兵衛の頼みだからこそ和泉屋も信用して、元竜湯をこうして出してくれたにちがいないのである。

下駄の音をさせて歩いた仁平は、病人置場の玄関から中に上がり、座敷に入った。

介添えの者たちは相変わらず忙しそうに患者の世話を焼いており、仁平に目を向ける者はいなかった。

仁平は、何枚かの手ぬぐいをまとめて持って座敷の外に出ようとしている介添えの者に、声をかけた。

「忙しいところを申し訳ないが、水を一杯、もらえんだろうか。あと、さじを一つ貸してもらいたい。患者に薬を飲ませたいのだ」

「あなたが患者に薬をやるのですか」

意外そうな顔で介添えの者がきいてきた。

「そうだ。むろん恭右先生の許しは得ている」

「恭右先生の……。では、今お持ちします」

点頭《てんとう》して、介添えの者が座敷の外に出ていった。茶碗《ちゃわん》一つを大事そうに持ち、すぐに戻ってきた。

「どうぞ」

仁平に茶碗とさじを差し出してくる。

「済まん」

会釈をして仁平は茶碗とさじを受け取った。

「それと、あとで薬湯を煎じたいのだが、台所を貸してもらえるか」

「薬湯を患者に与えることも、恭右先生の許しをいただいているのですね」

「もちろんだ。恭右先生はすべてご存じだ」

「わかりました。そのときになったら、手前に声をかけてください。案内しますので」

「承知した」

礼を述べて仁平は、厳造が横になっている布団に足を運んだ。

枕元に座したが、軽くいびきをかいて眠っている厳造は気づかなかった。

薄暗い中、仁平は厳造の面をじっくりと見た。顔色は相変わらずどす黒く、まるで死人を思わせるものがある。

――昨日より、さらに悪くなっているようだ。この分では三月も保たぬ……。

だが、まだ望みがないわけではない。

——俺が必ず治してやる。

仁平は決意を新たにした。

「厳造、来たぞ」

顔を寄せて、仁平はささやきかけた。顔をしかめた厳造が少し身じろぎし、やがて目を開けた。

「ああ、仁平さん」

仁平を認めて厳造がうれしそうに笑んだ。その笑いにも力はない。

「厳造、起きられるか」

「もちろんだ」

かすれ声でいい、厳造が手足をばたつかせるようにして起き上がった。

「寝たきりだと、こうして体を起こすだけでも苦労するな」

「体を動かすのは大事なことだが、病人は決して無理をしてはならん。特に肝の臓の病の場合、激しく体を動かすことは厳禁だ」

「そうなのかい」

「肝の臓が悪いときは、とにかく静かに横になっていることこそ肝要なのだ」

「承知した」

仁平をまっすぐに見て厳造がうなずいた。

「厳造、夕餉は食べたか」

「食べた。といっても、粥《かゆ》と梅干しだけだが」

「今日はそれでよい。だが、これからはそれだけでは駄目だ。肝の臓が悪いときは、魚をたくさん食べるのがよい。それと納豆だな。厳造、食べられそうか」

「食いけは相変わらずないが、魚も納豆も好物だから、食べられると思う。しかし仁平さん、食べてもよいのかい。食いけがないのは、体が病を治そうとしているからだと、このあいだいっていたが」

「肝の臓が悪いときは、無理をしてでも食べたほうがよいのだ。食べ物は体の基だ。食べんと、力が湧いてこなくなってしまう」

「そういうものか。わかった、必ず食べるようにする。だが、魚やら納豆やらを、ここで出してくれるのかい」

「出してくれるように、俺から見矢木どのに頼んでおく」

「そうか。助かる」

「それから厳造、昨日いっていた三つの薬を持ってきた。――まずはこれだ」

仁平は完剛散の袋を破った。すると、苦みを感じさせるにおいが立ち上ってきた。

「よし、厳造、口を開けろ」

「えっ」

「今からこのさじで一杯だけ、口に入れる。水と一緒に飲むのだ」

「わかった」

厳造に水の入った湯飲みを持たせ、完剛散をさじですくい上げるや、厳造の口の中に入れた。

「よし、水だ」

うなずいて厳造が湯飲みを口のそばに持っていき、傾けた。ごくごくと喉を鳴らす。

「うー、まずい」

顔をゆがめて厳造がいった。

「苦かろう」

「良薬は口に苦しというが、これだけ苦いと確かに効きそうだ」

「よし、次はこれだ」

仁平は、真彫胡丸の袋を開けた。今度は甘さのあるにおいが漂った。

――これは素晴らしい質の薬のようだな。においが実に濃い。和泉屋という薬種問屋は信用がおける店だというのが、よくわかった。

――だが、これだけの質の物である以上、さぞかし高価であろう。

袋の中に手を入れ、仁平は真彫胡丸を三粒、取り出した。一粒が一文銭の穴ほどの大きさである。

――四粒、飲ませてもよいかもしれぬが、今日はまだ三粒でよかろう。無理は禁物だ。まずは厳造の体のことを、一番に考えなければ……。

仁平は真彫胡丸を三粒、厳造の手のひらに置いた。

怪訝《けげん》そうな顔をして厳造が、真彫胡丸のにおいを嗅ぐ。おっ、と声を漏らした。

「これは、よいにおいがするな」

すぐさま湯飲みを傾けて、厳造が真彫胡丸を飲んだ。ふう、と息をつき、空になった湯飲みを畳の上に置く。

「仁平さん、これで俺の病はよくなるのかい」

「まだ最初の一歩に過ぎん。肝の臓を治すのは時がかなりかかる」

「そういうものなのかい」

「五臓の中で肝の臓は特に辛抱強く、悪くなっても一所懸命に働き続けるのだ。それゆえ時をかけてひどくなっていく。治すほうも、じっくりと時をかけて療治していくしかないのだ」

「ふーん、そういうものなのかい」

そういうものだ、と仁平はいった。

「今から元竜湯を煎じてくる。厳造、それを飲めば今日は終わりだ」

「その元竜湯とやらは苦いのかい」

不安そうに厳造がきいてきた。

「かなり苦い。覚悟しておくことだ。では、行ってくる」

立ち上がり、仁平は先ほど話した介添えの者を目で探した。

すぐに見つかった。三間ほど離れたところで、布団に横になった五十過ぎと思える男と、しゃがみ込んで話をしていた。

「済まぬが——」

少し歩いて仁平は介添えの者に声をかけた。

「台所に連れていってくれんか」

介添えの者が仁平を見上げた。

「わかりました。どうぞ、こちらに」

立ち上がった介添えの者に連れられて、仁平は台所に入った。竈《かまど》があり、その近くにいくつかの鍋が置かれていた。

「そこの鍋を使わせてもらってよいか」

介添えの者に仁平は申し出た。

「どうぞ、ご自由に」

竈の前に立った仁平は、袋を破って元竜湯の素《もと》を見つめた。

形は茶葉によく似ているが、色は緑ではない。ほとんど黒といってよい。

――相変わらず、まずそうな色をしているな。とにかく、さじ加減が大事だ……。

あまり濃く煎じすぎると、肝の臓に負担をかけることになり、厳造の体をむしろ弱らせてしまう。

――今日は初日だ。このさじに半分でよいな。水は二合……。

竈の横に、水がなみなみと張られた瓶が置いてある。柄杓《ひしやく》を用いて、仁平はまず一合半の水を鍋に入れた。

蓋をした鍋を、竈の上に置く。火打石と火打金で火を熾《おこ》し、それを火口《ほくち》に移した。火口の火を使い、薪を竈にくべていく。

さほど待つことなく、湯が沸きはじめた。仁平は、さじ半分の元竜湯の素を鍋に入れた。

一瞬、湯が膨らんで吹きこぼれそうになったが、残りの半合の水を鍋に差すと、すぐにおさまった。

鍋から吹きこぼれないように火加減を見つつ、仁平は元竜湯の素を煎じた。

鍋から湯気が勢いよく出てくる。それと同時に、木が腐ったようなにおいがしてきた。

やがて、熟柿《じゅくし》のようなにおいが混じりはじめた。

——頃合いだな。

仁平は鍋の中をのぞき込んだ。すでに湯は半分ほどに減っており、ぞっとするほど黒々としていた。

——よし、できた。

熱くなっている取っ手に手ぬぐいをかぶせて、鍋を火から下ろす。薬湯が冷めるのを待たなければならない。

元竜湯が肝の臓の病に対して最も効き目を発揮するのは、人肌くらいの熱さといわれている。

しばらく待った仁平は、まだ熱い元竜湯を鍋から湯飲みに移した。湯飲みを持ち、厳造のもとに持っていく。

「厳造、これを飲め」

厳造に湯飲みを持たせた時には、元竜湯はちょうど人肌ほどの熱さになっていた。

湯飲みを手にして、厳造が元竜湯をじっと見る。

「これが元竜湯か。すごい色をしているな」

おぞましい物を見るかのように、厳造がいった。

「早く飲むのだ」

瞳に厳しさをたたえて仁平は急《せ》かした。

「わ、わかった」

答えて厳造が目を閉じ、湯飲みを口に近づけた。一口飲んで、うっ、とうなるような声を出した。

「一気に飲め」

「あ、ああ」

厳造が勢いよく湯飲みを傾ける。元竜湯を飲み干すや、くえー、と鳥のような声を発した。顔をしかめて、湯飲みを仁平に手渡してくる。

「こいつは、汗が出てくる苦さだな」

歯を食いしばるような顔で巌造がいった。

「明日もつくってやる」

仁平さん、と巌造が呼びかけてきた。

「三つの薬は、どのくらい飲み続ければいいんだい」

「少なくとも、二月は飲まなければならんだろうな」

「えっ、そんなに……」

巌造がげんなりしたような顔になった。

「しかも、これから元竜湯は、もっと濃くしていくからな」

「それは、もっと苦くなるってことかい」

「そうだ。だが、我慢して飲み続けていれば、必ず体はよくなる」

力強い口調で仁平は告げた。

「そうか。仁平さん、よくわかった。俺はがんばるよ。親身になってくれている仁平さんの気持ちに、なんとしても応えなければならねえしな」

その意気だといわんばかりに、仁平は巌造の肩を軽く叩いた。

四

仁平は毎日、仕事が終わるや病人置場に行き、厳造に三種の薬を飲ませ続けた。

薬が少なくなってきたら、牧兵衛に頼んで取り寄せてもらうということを繰り返した。

三種の薬を飲みはじめて一月半ほどたち、春風が吹くようになると、厳造の顔色は目に見えてよくなってきた。食欲も出てきた。体を起こすのも億劫《おっくう》だったのに、寄場内を散策できるようにもなった。

その厳造のあまりの快復ぶりに牧兵衛が驚いたらしく、その日、仁平が病人置場から出てきたところに声をかけてきた。

ひどく腹が減っており、仁平としては食堂に行きたかったが、牧兵衛は恩人といってよい男である。牧兵衛がいなかったら、三種の薬はまず手に入らなかっただろう。厳造はもうこの世にいなかったかもしれない。

「おぬしが厳造に用いた薬は、まさに著効としかいいようがない効き目をあらわしたな」

よく光る目で仁平を見て、牧兵衛が語りかけてきた。

「そうだな。見立て通りに事が進んで、よかったと思っている。おぬしのおかげだ」

「いや、俺などなにもしておらぬ。すべてはおぬしがやったことだ。まことに鮮やかな手並みとしかいいようがない。厳造が快方に向かっているのは、疑いようがない」

うむ、と仁平は顎を引いた。

「必ずまた働けるようになるだろう」

そうであろうな、と牧兵衛が相槌を打つ。

「厳造のあまりの快復ぶりに、俺だけでなく恭右先生も驚いていたくらいだ」

腕組みをして牧兵衛が仁平を見つめてくる。

「それにしてもおぬし、いったい何者だ」

しかし仁平はなにも答えなかった。ふむ、と牧兵衛が鼻を鳴らした。

「相変わらず正体を明かす気はないか。別に、それでも構わぬが……」

腕組みを解き、牧兵衛が仁平に少し顔を寄せてきた。

「実は、おぬしの腕を見込んで頼みがある」

面を上げ、仁平は牧兵衛を見た。牧兵衛は真剣な目をしている。

「頼みというと」

すぐに仁平はきき返した。恭右の手に負えない病人も診てほしい、といわれるのかと思った。

しかし、そうではなかった。

「知り合いの大店に、重い病にかかっているせがれがいる。おぬしに、そのせがれを診てほしいのだ。どうか仁平、頼む。この通りだ」

頭を深く下げて牧兵衛が懇願してきた。

――見矢木どのと、よほど縁の深い大店と見えるな。そこのせがれが、難病を患っているのか。そのせがれはいくつだろう……。

七つではないだろうか、と仁平は思った。

「そのせがれの歳は」

「七つだ」

間髪を容れずに牧兵衛が答えた。やはりそうであったか、と仁平は思った。

――これは運命であろう。

運命に逆らうことなど決してできない。

「わかった、診よう」

きっぱりといって、仁平は牧兵衛にうなずいてみせた。

その言葉を聞いて、牧兵衛の顔が輝いた。

「そうか、助かる」

「おぬしには借りがある。借りは返さなければならん」

「かたじけない」

感謝の言葉を口にして、牧兵衛が低頭する。

「実際には、病人置場にいる患者もおぬしに診てほしいものだが、恭右先生の顔を潰すわけにはいかぬ。そのような子細でおぬしに診てもらえぬ患者がかわいそうでならぬが、大勢の者で成り立っている組の中では、致し方ないことだ」

官吏というのはそういうものだ、と仁平は思った。なんといっても、面子《めんつ》というものに重きが置かれるのだ。

「見矢木どの、今からその大店に行くつもりなのか」

「いや、今からでは無理だ。最後の渡し船がもう出ていってしまったゆえ……」

「ああ、そうであったな。では、おぬしもここにとどまるのだな。いつもここに泊まっているのか」

「いや、普段は八丁堀の屋敷に戻っている」

「今日はなにゆえ戻らんのだ」

「今宵は宿直だからだ」

「そうか、宿直か。ならば、その大店に行くのは明朝でよいのか」

「その通りだ」

仁平を見て牧兵衛が深くうなずく。

「承知した。では明朝、俺はその大店に行ってせがれを診、それが終わったら普請場に行くということでよいか」

「いや、普請場には行かずともよい」

「なにゆえ行かずともよいのだ」

「明日、おぬしは休みだ」

そうだったかな、と仁平は心中で首をかしげた。人足寄場では十日に一度、休みを取れることになっている。

「いわれてみれば、ずいぶん休んでおらんような気がするが。そうか、明日は休みか……」

「だから大店のせがれを診終えても、すぐには人足寄場に戻ってこずともよいぞ」

即座に仁平は牧兵衛を見た。

「見矢木どの、それはどういう意味だ」

「明日は一日、心の赴くままに過ごしてよいという意味だ。江戸市中におれば、どこでも行ってよい。もちろん、見張りなどつけぬ。一人で気の向くままに過ごせばよい」

「そのようなことを俺に許せば、二度と戻らんかもしれんぞ」

「おぬしは必ず戻ってくる」

にこりと笑って牧兵衛が断じた。

「なにゆえそういえるのだ」

顔を突き出すようにして仁平はただした。

「おぬしは逃げ出すような真似をせぬ男だからだ。それに、もし逃げ出したりしたら、療養中の厳造を見捨てることにもなる」

厳造か、と仁平は思った。

「確かに厳造はよくなってきてはいるものの、完治まではほど遠い。それに、もし俺がいなくなったら、嘆き悲しんで、また病が悪くなるかもしれん」

実際、人の喜怒哀楽と病とは密接な関係にある。うれしさや喜び、楽しみが続いたほうが、ずっと治りが早いのだ。

――病は気から、という言葉は正しくもある。少なくとも、気を強く持っておらぬと病には勝てぬ。

そのことについて仁平は確信を抱いている。

「だから、厳造のためにも、おぬしが戻ってこぬということはあり得ぬのだ」

自信のある顔つきで牧兵衛がいった。

「では仁平、明日の明け六つに、船着場で会おう」

「承知した」

牧兵衛を見つめて仁平はうなずいた。

「仁平、腹が減っているところを呼び止めて済まなかったな」

「なに、別になんということもない」

朗らかな声で仁平は答えた。

「仮に一食くらい抜いたところで死にはせん」

「それはそうだろうが、まだ食堂は開いていると思うぞ」

右手を上げて別れを告げた牧兵衛が、役所のほうに戻りはじめた。その場にとどまり、仁平は牧兵衛を見送った。

五

翌朝、船着場に立って、仁平は明けやらぬ空を眺めた。

空はまだ白みを帯びておらず、数え切れない星が瞬《またた》いている。明け六つの鐘が鳴るまで、四半刻はあるのではないか。

——それにしても、月日の巡りは早いものだな……。

大川の川面を吹く風はずいぶんあたたかく、この分なら、もうじき桜も咲きはじめるだろう。大勢の花見客が、大川沿いの花見の名所に繰り出すはずだ。

しかし仁平は、花見の宴《うたげ》にまったく心引かれていない。人々が酒に酔って、普段ならすることのない無体を平気ではたらくのが好きではないのだ。

特に、平素は温厚な人物が酒に飲まれてがらりと人変わりするのは目にしたくなかった。

仁平はその場に立ったまま、目を閉じた。船着場を打つさざ波の音が心地よく響く。

どのくらい時が過ぎたか、背後から静かな足音が聞こえてきた。

「済まん、遅くなった」

目を開けた仁平が振り返ると、牧兵衛が冠木門を抜けてきたところだった。

「いや、遅くはない」

立ち止まった牧兵衛に向かって、仁平はいった。

「まだ六つになっておらん。渡し船も来ておらん」

「うむ、そのようだな」

仁平たちは改めて朝の挨拶をかわした。

「よい天気になってよかった」

顔をほころばせて牧兵衛がいった。

「できれば、雨は避けたかったからな」

仁平は東の空を見た。いつの間にか白みはじめており、多くの星が姿を消していた。

明け六つの鐘が鳴りはじめた。ほぼ同時に、対岸の船着場を、渡し船が滑り出てくるのが見えた。

「仁平、昨日は夕餉を食べられたか」

仁平を見て牧兵衛がきいてきた。

「ああ、間に合った」

「腹一杯食べたか」

「いや、腹八分目だ。満腹にしていいことはないゆえ……」

こちらに向かってくる渡し船が、波を切って進んでくる。櫓《ろ》の音が聞こえてきた。

「人足寄場の飯はどうだ」

真顔で牧兵衛が問うてきた。

「食べたいだけ食べさせてくれるのは、誰にとってもありがたいのではないか。いうことはない」

「おかずはどうだ」

「さすがに料亭のようにとはいえんが、贅沢《ぜいたく》をいったらきりがない。魚や納豆を増やしてくれたし、そのことについては心からありがたいと思っている」

「そうか、それはよかった」

櫓の音とともに間近まで迫ってきた渡し船が、鮮やかに船着場につけられる。寄場役人だけでなく、ここで働く者たちが、次々に船を下りてくる。

船を下りた寄場役人の一人を、牧兵衛が呼び止めた。

「新右衛門《しんえもん》、俺はこれから出かけてくる。昨夜は別段、変わったことはなかった」

引き継ぎをしているようだな、と仁平は思った。新右衛門と呼ばれた若い役人が、大きく顎を引く。

「承知しました」

「では、よろしく頼む」

「見矢木さまはどちらに行かれるのですか」

「和泉屋に行ってくる」

和泉屋だと、と仁平は思った。

「わかりました。行ってらっしゃいませ」

新右衛門の返事を聞いて、牧兵衛が仁平に向き直った。

「よし、乗るとしよう」

うむ、とうなずいた仁平は、履いていた下駄を脱いで懐にしまい込み、渡し船に乗り込んだ。

「懐の下駄は、もしや風呂場のか」

乗ってすぐに牧兵衛がきいてきた。

「借りっぱなしで悪いと思いながら、便利なので使わせてもらっている」

「給金が出たら、自分の下駄か草履を買うなりすることだ」

「必ずそうしよう」

牧兵衛を見て仁平は請け合った。

「ところで見矢木どの、これから向かうのは和泉屋なのか」

仁平は牧兵衛にたずねた。渡し船が船着場を離れ、少し揺れた。

「その通りだ。俺がひとかたならず世話になっている和泉屋に行く」

「では、難病にかかっているのは、和泉屋のせがれか」

「そういうことだ。せがれの名は和助《わすけ》という」

「その和助の病は、どういうものだ」

「詳しいことは俺もよくは知らぬのだが、熱が下がらず、寝たきりになっている」

「寝たきりになって長いのか」

「もう一月ほどになるのではないか……」

そんなにか、と仁平は思った。

「和助には、食いけはあるのか」

「ないと聞いている。それで仁平、それほど長いあいだ熱が下がらぬというと、どんな病が考えられる」

「今のところは、なんともいえん」

眉根を寄せて仁平は答えた。

「とにかく、和助の様子を見てからだな。ほかの医者にも、もちろんかかったのだろう。それらの医者は、なんといっているのだ」

「医者によってさまざまな見立てがあったらしいが、どの医者も、これぞという病名は口にできなかったそうだ」

「そうなのか……」

仁平がいったとき、渡し船が船着場に到着した。すぐさま仁平たちは船を下りた。

道に出たところで仁平は下駄を履いた。

「仁平、こっちだ」

先導する牧兵衛が道を西に取る。船着場から二十町は歩いたところで、足を止めた。

――ここは呉服町だな。

仁平たちの目の前に、二階建ての商家がそびえるように建っていた。

「この店だ」

仁平にも、見覚えがある店構えである。十間以上の広い間口は一度、見たら、忘れられるものではない。

何年か前に仁平は、この店に薬種を求めに来たことがあった。

薬種という扁額が建物の正面に掲げられ、五享麻淋散という看板が横に張り出している。刻限がまだ六つ半にもなっていないためか、まだ店は開いていない。

臆病窓《おくびょうまど》の前に立ち、牧兵衛が戸口をどんどんと叩いた。少し間があったのちに、はい、と中から応えがあった。

「どちらさまでしょう」

小さな音を立てて臆病窓が開き、二つの目がこちらを見る。

「おぬしは錦市《きんいち》か」

牧兵衛に名を呼ばれた男が、あっ、とあわてたような声を上げた。

「これは見矢木さま……」

すぐにくぐり戸が開き、中からずんぐりとした背格好の男が出てきた。まだ若く、三十前に見える。

この歳なら、と仁平は思った。番頭ではなく、手代であろう。

「朝早くに済まぬ」

軽く頭を下げて牧兵衛が錦市にいった。

「見矢木さま、おはようございます」

錦市が深く腰を折った。

「あの、見矢木さま。お薬がお入り用でございましょうか」

「いや、薬のことで来たわけではない」

牧兵衛がかぶりを振った。

「和助のために、腕利きの医者を連れてきたのだ」

「えっ、御令嗣のためのお医者ですか」

「この男がそうだ。名を仁平という」

牧兵衛が仁平を、手のひらで指し示した。少し前に出てきた錦市が、仁平の着ている着物をまじまじと見る。

「あの、仁平さまは、人足寄場に勤められているお医者でございますか」

不思議そうに錦市が牧兵衛に問うた。

「いや、そうではない」

否定した牧兵衛が説明する。

「仁平は、人足寄場に入っている者だ」

「人足寄場に入っているお方……」

「仁平は無宿人ではあるが、医者としての腕は最上といってよい。これまでここに来たどの医者よりも、上だろう」

　自信たっぷりに牧兵衛がいい放つ。

「えっ、まことでございますか」

　錦市は、信じられないという表情になっている。

「ああ、まことだ。錦市、和兵衛《わへえ》に会いたいのだが」

　店のほうに顎をしゃくって牧兵衛がきいた。

「承知いたしました。見矢木さま、仁平さま。どうぞ、お入りになってください」

　錦市にいわれ、仁平と牧兵衛はくぐり戸に身を入れた。錦市がそのあとに続き、くぐり戸を閉めた。

　そこは二畳ほどの幅を持つ、細長い三和土になっていた。

　目の前に畳敷きの広間が広がり、正面の壁沿いには、おびただしい数の引出しがついた薬棚が鎮座していた。

　薬棚の前に行灯が置かれ、座した二人の男が、引出しを開けてはのぞき込み、すぐに閉めるということを繰り返していた。薬の点検をしているようだ。二人とも錦市と同じ年の頃で、手代に思えた。

　その二人が仁平たちに気づき、おはようございます、と大きな声で挨拶してきた。

「おはよう」

右手を挙げて、牧兵衛がそれに応えた。仁平は軽く会釈を返した。

「お上がりください」

牧兵衛と仁平に向かって、錦市が平たい沓脱石《くつぬぎいし》を手で差した。

沓脱石の上で雪駄を脱いで、牧兵衛が座敷に上がった。そのあとに仁平は続いた。

「こちらにどうぞ」

仁平たちの先に立った錦市が座敷を横切った。内暖簾《のれん》を払い、まっすぐ続いている廊下に仁平たちをいざなう。

「見矢木さま、客間にお入りくださいますか」

錦市にいわれて、一間ばかり廊下を進んだところで牧兵衛が足を止めた。右側に手を伸ばし、桜の絵が描かれた襖《ふすま》をからりと開ける。

「仁平も入れ」

うなずいて仁平も、牧兵衛に続いて敷居を越えた。

八畳間と思える部屋には床の間がしつらえられ、掛軸が壁に下がっていた。大川の流れに浮かぶ屋根船に、花びらが降りかかる図である。

当たり前のように床の間を背にして、牧兵衛が座った。仁平はその隣に座した。

庶民の家に床の間を設けることは禁じられているが、武家の来訪が多い大店では、訪問者のためという名目で、客間につくることが認められていると仁平は聞いたことがある。

「いま旦那さまを呼んでまいります」

廊下にひざまずいた錦市が、低頭して襖を閉めた。

客間には塵一つ落ちておらず、庭に面しているらしい腰高障子に明るい日射《ひざ》しが当たり、仁平の目に少しまぶしいほどである。

さほど待つことなく、廊下に人の気配が立った。

「失礼いたします」

穏やかな声がし、襖が横に滑っていく。廊下に端座する四十前後とおぼしき男が、仁平の目に映った。

温和そうな男だな、と一目見て仁平は思った。和泉屋のあるじの和兵衛であろう。

「和泉屋、朝早くに済まぬ。だが俺としては、いても立ってもいられなかったのだ」

挨拶もそこそこに牧兵衛が声を投げた。顔を上げ、和兵衛が口を開いた。

「錦市から話は聞きましたが、仁平さまというお医者を、我がせがれのために連れてきてくださったとか……」

「その通りだ。和兵衛、まずは入ってくれ」

「これは失礼いたしました」

頭を下げた和兵衛が、手拭きで額に浮いた汗を拭いた。一礼して敷居を越え、仁平たちの前に端座する。

――いかにも大人《たいじん》という気風を発しておるな……。

和泉屋という大店の主人にふさわしい人物のように、仁平には思えた。

「この男が仁平だ」

すぐに牧兵衛が仁平を紹介した。

「人足寄場のお方とうかがいましたが……」

「その通りだ。しかし和泉屋、この男が完剛散、真彫胡丸、元竜湯という三つの薬をほしがったのだぞ」

えっ、と和兵衛が意表を突かれたような顔つきになった。

「さようでございましたか」

驚きの眼差しを和兵衛が仁平に注ぐ。

「仁平、こちらは和兵衛といい、この店のあるじだ」

「仁平だ。三つの薬を世話してもらい、ありがたかった。恩に着る」

和兵衛を見つめて、仁平は礼をいった。

「おかげで病人はかなりよくなってきた」

「仁平さまが手当なさった人は、肝の臓が悪かったのでございますか」

和兵衛の問いに、そうだ、と仁平はいった。和兵衛がさらにきいてきた。

「元竜湯と真彫胡丸は肝の臓によい薬だと存じておりましたが、完剛散は目薬といってよいものでございます。完剛散も、同じお人に服用させたのでございますか」

「恭右先生にも伝えておいたが、その三つの薬を同時に用いると、肝の臓に著効があるからな」

「目薬も一緒に服用して、肝の臓に効き目があるのでございますか」

目をみはって和兵衛が仁平にきいてきた。そうだ、と仁平は首を縦に動かした。

「おぬしは存じているだろうが、肝の臓と目には深いつながりがある。肝の臓がやられると、目も冒される。目やにがひどくなったり、かすれ目になったりするものだ」

「おっしゃる通りにございます」

すぐさま和兵衛が同意を示した。

「それで、俺は逆もしかりなのではないかと思ったのだ」

「それはつまり、目が悪くなれば、肝の臓も悪くなるということでございますか」

「いや、そうではない。肝の臓にやられた目をよくしてやれば、肝の臓もよくなっていくのではないかと考えたのだ」

「そういうことか」

横で牧兵衛が納得したような声を出した。すぐに仁平は言葉を続けた。

「ただ、目薬を目に差すのではほとんど意味がないのではないかという気がした。やはり服用するもので、しかも薬としての質が高いものがよいという考えに至り、いろいろと試しているうちに、元竜湯に真彫胡丸という肝の臓の薬に加えて、完剛散という目薬の組み合わせが、肝の臓の病に最も効き目を発揮することがわかった」

「それはすごい」

感嘆の目で和兵衛が仁平を見る。

「そのようなことは、手前はこれまで考えたことがありませんでした」

「ただし――」

仁平はわずかに声を高くした。

「どの薬も、患者の病の重さに応じて慎重に使わんと体に害をなすゆえ、量はひじょうに大事だ」

なるほど、と牧兵衛が相槌を打った。

「仁平。いろいろと試すことができたのは、おぬしには患者がいたからか」

牧兵衛に鋭い口調できかれ、ここはごまかすような真似はせぬほうがよいな、と仁平は思った。

「見矢木どののいう通りだ。患者の了解を得て、俺はいろいろと薬を服用させた。その中には、死に至った者もいた。今も申し訳ないことをしたと思う……」

唇を嚙んで仁平はうつむいた。遅かれ早かれ、病のせいで死んでいくのは免れようがない者たちだったが、俺が死期を早めたのではないか、という思いは拭い去れない。

――あの者たちも、もっと長く生きていたかったであろうに……。

「亡くなった人は残念でなりませんが――」

仁平をまっすぐ見て和兵衛が口を開いた。

「その尊き犠牲のおかげで、そののち助かる人が何人もいらしたのでしょう。仁平さま、ちがいますか」

「いや、和泉屋のいう通りだ」

和兵衛を見て、仁平は小さく顎を引いた。

「でしたら、仁平さまのなされたことは、正しきことであったということでございましょう。亡くなった人も、ご自分の死が無駄にならず、きっと喜んでいらっしゃるのではないでしょうか」

身を乗り出して和兵衛が力説した。

「そうであるなら、よいのだが……」

「いえ、そうであるに決まっております」

和兵衛が力強くいった。

「和泉屋、さっそく仁平に和助を診てもらおうではないか」

「はい、わかりました。お茶も出しませんで、まことに申し訳ありません」

「和泉屋、そのようなことは気にせずともよいのだ」

にこりと笑って牧兵衛がいった。

「は、はい、ありがとうございます」

両手を畳につき、和兵衛が深々とこうべを垂れる。

「では、まいろうではないか」

「はい、承知いたしました」

面を上げ、和兵衛が立つ。牧兵衛も立ち上がり、仁平もそれに続いた。

和兵衛の案内で、客間を出た仁平たちは奥に向かった。

さすがに建物は広々とし、次に和兵衛が足を止めたのは、客間から十五間は進んだときだった。

店とは完全に分離された一画で、こちらには和泉屋の家人たちが居住しているようだ。表の喧噪《けんそう》は届かず、実に静かなものである。

「こちらでございます」

仁平たちにいって、失礼するよ、と中に声をかけた和兵衛が腰高障子を開けた。

日当たりのよい六畳間の真ん中に布団が敷いてあり、二人の女がそばに端座していた。

枕元に座っている一人はやや歳がいっており、その隣に座している一人は若かった。

こちらに向けた顔がよく似ていることから、二人は母娘《おやこ》でまちがいなかった。母は三十をいくつか過ぎており、娘は十代半ばではないかと思えた。

「お医者がいらしてくれた」

敷居際に立ち、和兵衛が二人の女に告げた。

「どうか、よろしくお願いいたします」

和兵衛の女房らしい女が、仁平に向かって深く頭を下げてきた。娘とおぼしき女も、畳に両手をそろえた。

「女房の高江《たかえ》に、娘がお芳《よし》でございます」

和兵衛が、仁平に二人を紹介した。

「どうか、よろしくお願いいたします」

「お願いいたします」

高江とお芳が低頭したまま仁平にいった。挨拶を終えると高江が立ち上がり、布団の反対側に回った。仁平のために場所を空けたのである。

「では、失礼する」

高江の温かみが残っている畳に、仁平はそっと座した。

「あっ、いま座布団をお持ちいたします」

和兵衛があわてたようにいった。

「いや、けっこうだ」

かぶりを振った仁平は、ふかふかと柔らかそうな布団に横たわる和助の顔を見た。

和助は搔巻も着込んでいるようだが、それだけでなく掛布団もかけられていた。

仁平たちの気配にも気づくことなく、和助はせわしない息を吐きつつも、昏々《こんこん》と眠っている。

手を伸ばし、仁平は敷布団のかたさをまず確かめた。

――ふむ、思ったほど柔らかくはないな。このくらいなら、寝ていて腰を痛めるようなことにはなるまい。

「床《とこ》ずれはあるかな」

和助の布団を挟んで向かいに座った高江に、仁平はきいた。

「いえ、今のところは大丈夫のようです。できるだけ、体の向きを変えるようにしていますので……」

「それはよいことだ」

高江を褒めておいてから、仁平は和助の額に手を当てた。むう、と声が出そうになった。

――これは、たいそうひどい熱だな。それにもかかわらず、青白い顔をしておる……。

次に仁平は、和助の脈を診た。かなりの速さをもって打っている。

――これでは心の臓に、だいぶ負担がかかっておるだろうな……。

「もう一月も、この調子です」

高江の横に端座した和兵衛が、疲れを隠せない顔でいった。

食欲がないことは、和助の頬がだいぶこけていることから、きくまでもないことだった。

「食いけも、ほとんどありません。たまに起き上がって粥をすする程度です」

和兵衛が問わず語りに語った。

「これまでに何人もの名医と呼ばれる医者に来ていただきましたが、せがれの病状はまったく好転しないのです」

無念そうに顔をゆがめて、和兵衛がうなだれる。高江も悲しそうな顔で和助を見つめている。娘のお芳も同じである。

それでも、これまで新しい医者に何度も期待しては裏切られてきたのはまちがいないだろうが、和兵衛たちは和助のことをあきらめてはいない様子だ。

仁平を見る三人の目には、新たな期待の思いが色濃く刻まれている。

「治せるか」

枕元に座した仁平は、背後に座っている牧兵衛に小声できかれた。

「正直、それはわからん」

その言葉が聞こえたか、和兵衛がはっとしたような顔で仁平を見る。

「しかし、できるだけのことはしよう」

「頼む」

牧兵衛にいわれるまでもなく、仁平は和助に、ありったけの力を注ぐつもりでいる。面を上げて和兵衛を見た。

「和泉屋、俺が今からいう薬草をすぐに用意できるか」

「はい、なんでもお申しつけください。できる限りのことはいたしますので」

真剣な面持ちの和兵衛が、かしこまって答えた。高江とお芳が顔を輝かせている。これまでの医者とはちがう、と思っているかもしれない。

「では、いうぞ」

「はい」

和兵衛が背筋を伸ばし、全身を耳のようにする。

「臥《が》心香《しんこう》、龍啓《りゅうけい》、丹葉草《たんばそう》、瑞居《ずいきょ》、腎苦利《じんくり》、升坐子《しょうざし》だ」

六つの薬草を仁平はすらすらと口にした。和泉屋のあるじにとって、それら六つの薬草は意外なものだったらしい。

「はっ、承知いたしました。さっそく用意してまいります」

一礼して和兵衛が去った。

「聞いたことのない薬草ばかりだが、この店にあるのかな」

首をかしげて牧兵衛がきいてきた。

「多分あるのだろう」

こともなげに仁平は答えた。

「俺が今いった薬草は確かにかなり珍しいものだが、和兵衛どのは別段、困ったような顔ではなかった」

仁平の言葉通りというべきか、さほど時がかかることなく仁平の前に、六種の薬草が揃った。

――やはり江戸の大店は品揃えがちがうな。さすがとしかいいようがない。

すでに仁平の眼前で、湯が沸きはじめている。和兵衛が薬草を用意しているあいだに、仁平は高江たちに命じて湯の支度をさせたのである。

湯が沸くやいなや、仁平はすぐに鍋に六つの薬草を投じた。

あっという間に湯の色が変わり、部屋の中は薬湯の甘ったるいようなにおいに包み込まれた。

仁平は、さほど長く煎ずるようなことはしなかった。鍋を火から外し、鍋置きの上に置いた。

できあがった薬湯をじっと見る。

――うむ、よい出来だ。

その六つの薬草が混じった薬湯が冷めてから仁平は和助を起こした。

えっ、という顔で和助が仁平を見る。まだ寝ぼけ眼《まなこ》である。

仁平はまず名乗り、新しい医者であることを告げた。

「仁平さん……。新しいお医者……」

「和助どの、これを飲んでくれ」

仁平は和助に、湯飲みの半分ほどの薬湯を飲ませた。

苦そうな顔をしたが、和助はなにもいわずに飲み干した。

――いい子だ。

内心で仁平は和助を褒めたたえた。相当、苦かったはずなのだ。

「よし、横になってくれ」

「また寝るのですか」

少し不満そうに和助がきいてきた。

「そうだ。すぐに眠くなってくるはずだ」

「えっ、そうなのですか」

うむ、と仁平はうなずいた。

「それも薬効だ」

わかりました、といって素直に和助が布団に体を横たえる。目を閉じると、さほど間を置くことなく寝息を立てはじめた。

「寝息がこれまでとちがう……」

驚いたように和兵衛がいい、瞠目する。確かにせわしなさがなくなっている。高江とお芳の顔に喜色が浮かんだ。

さらに見守っているうちに、和助の顔に赤みがわずかながらもよみがえってきはじめる。

同時に、和助の顔に少年らしい張りが出てきた。

「あっ、汗が出てきました」

驚いたように和兵衛がいった。和助の顔に、ぽつりぽつりと汗の玉が浮きはじめたのだ。高江もお芳も目をみはって、和助を見ている。

「これまでどんなに熱が出ても、和助は決して汗をかかなかったのです」

感嘆の思いを露わに和兵衛がいった。

「汗には、体の中の毒を出す役目がある」

「えっ、そうなのですか」

「熱が出るのは体が毒を出そうとするからだが、青白い顔をしているのは、それを堰《せ》き止《と》めるなにかが体内にあるからだ」

「では、堰き止めていたなにかを取り除く薬を飲ませたのか」

これは牧兵衛がきいてきた。

「むろん、薬効はそれだけではないが……。和助どのを起こしたほうがよい。着替えをさせるのだ」

すぐに高江が和助を起こし、着替えをさせた。

「先ほどと同じものだが、また飲んでくれ」

「わかりました」

仁平は、和助にまた薬湯を飲ませた。

「済まぬが、また寝てくれるか」

はい、と聞き分けよくいって和助が寝床に横になる。すぐにまた寝息を立てて眠りはじめた。

「おそらく、これからもおびただしい寝汗をかくはずだ。その際はすぐに着替えをさせ、体を冷やさぬようにすることが肝心だ」

仁平は和兵衛と高江、お芳に告げた。わかりました、といって三人が深くうなずいた。

お芳がこちらを見る目がきらきらして、まぶしいほどだが、仁平は毅然《きぜん》とした態度を崩さなかった。

「和助が目を覚ましたら、そのたびに煎じ薬を飲ませるように」

お芳を見て、仁平は付け加えた。

「いずれ汗が今ほど出なくなり、厠《かわや》も近くなるはずだ。決して我慢させることなく、すぐに行かせるように」

「承知いたしました」

希望を抱いた顔で、和兵衛夫婦が大きく顎を引いた。

「では、引き上げるとするか」

顔を転じて仁平は牧兵衛にいった。

「あの、仁平さまは人足寄場に戻られるのでございますか」

あるじの和兵衛がきいてきた。

「今日中に戻るつもりでいる」

和兵衛を見て仁平は答えた。

「あの、仁平さま。どうか、和助にかかりつけのお医者として、そばについていただけませんでしょうか」

　両手をついて和兵衛が頼み込んできた。

「この近所に、手前どもの家作がございます。是非そちらに住み込んでくださりませ。もちろん、家賃などいただきませんし、給金をお支払いいたします」

　必要なら、和兵衛が仁平の請人になってもよいという。

「仁平さまが近所にいてくださったら、これほど心強いことはございません。もしせがれの病状が急に悪くなったとしても、すぐ診てもらえるということですから」

　しかし、これは仁平が答えられることではない。いくら大店の主人に頼まれたからといって、はい、わかりましたといえる身分ではない。

「俺としては、和助が治るまでこの男をそばに置いてやりたいが……」

　ぐっすりと眠っている和助を見やって、牧兵衛がいった。これも牧兵衛の一存でできることではないのだろう。

「とにかく上役と相談し、明日またこちらに来ることにしよう。返事はそのときだ」

「承知いたしました。あの、見矢木さま、こちらを……」

　和兵衛が、おひねりを牧兵衛の袂《たもと》にそっと入れた。

「ああ、いつも済まぬ」

「いえ、こちらこそ、仁平さまをご紹介いただき、本当に助かりました」

感謝の面持ちの和兵衛が仁平のそばに来た。

「仁平さまにもこちらを」

和兵衛が同じようにおひねりを仁平の袂に入れようとした。

「いや、俺はもらうわけにはいかぬ。人足寄場の者だからな」

断った仁平はもう一度、和助の寝顔を見た。健やかな顔色とはまだいいがたいが、薬を飲ませる前とはだいぶちがう。

——明日にはもっとよくなっていよう。

仁平たちはいったん和泉屋を出た。

第三章

一

眠りが浅くなり、仁平は目を覚ました。

顔を上げ、まだ暗い人足長屋内を見回す。

三十畳ほどの部屋に二十人以上の者が雑魚寝《ざこね》しており、いびきや歯ぎしり、寝言がしきりに聞こえてくる。

ただし、もう夜明けが間近に迫っているのは、眠りがたっぷり足りていることから仁平にはわかった。

ゆっくりと起き上がり、布団の上であぐらをかいた。先ほどまで、なにか夢を見ていたようだ。

しかし、どんな夢だったか、目を覚ました途端、忘れてしまっていた。寝汗をかいているることから、あまりよくない夢だった気がしないでもない。

枕元に置いてある手ぬぐいを手にして立ち上がり、まだ眠っている者たちを起こさないよう静かに戸口まで歩いた。

障子戸を開けて、人足長屋を出る。外は真っ暗で、人足寄場内に灯されている常夜灯の明かりがいくつか目に入るだけだ。

夜明け前にしては珍しく生暖かな風が吹いており、さらさらと頬をなでていく。

東の空は白んでおらず、昨日と同様、降り注いでくるかのような星が一面を覆っている。

軽く息をついて仁平は、近くにある厠に向かった。そこで用足しをし、井戸端で手と顔を洗う。

手ぬぐいで顔と手を拭き、袂に入れてあった房楊枝《ふさようじ》で歯を磨いた。

歯を磨き終わった途端、空腹を覚えたが、食堂が開くのは、まだ半刻以上も先のことだろう。

——見矢木どのは、上の者の承諾を得られただろうか。

不意に、そんな思いが浮かんできた。牧兵衛は今日、仁平が和泉屋の家作に住むことについて上役の許しをもらえたか、知らせに顔を見せるはずである。

——和助どのの治療に当たるためゆえ、見矢木どのは、まず大丈夫だろうといっていたが……。

手に職をつけて真っ当に暮らしていけるようにするという、人足寄場が設けられた意味を考えれば、仁平が医者として和泉屋の家作に住むことが拒まれるような理由は、一切ないはずである。

——別に人足寄場を出たいわけではないが、きっと見矢木どのの言葉通りになるに相違あるまい。

仁平は確信を抱いている。それにしても、と思った。

——久しぶりの休みだった昨日は、やはり江戸の町をぶらつくべきだったか。いや、ここに帰ってきてよかったのだろう。

ここのほうがずっと落ち着くのは、事実なのだ。

昨日、和助の治療を終えて和泉屋を出た仁平は、町を歩き回るような真似をせず、牧兵衛と一緒に人足寄場に戻ってきたのである。

柿色の無地に水玉模様の着物を着て一人、江戸の町を当てもなく歩いても、町人たちに胡乱《うろん》な目で見られるのが落ちだとわかりきっていたからだ。

下手をすれば、人足寄場からの逃亡者に見なされ、自身番や町奉行所に通報されて、引っ捕らえられないとも限らない。

仮に公儀の者に捕まったとしても、仁平が人足寄場からの逃亡者でないことを牧兵衛が証してくれるのはわかっていたものの、長く拘束されるのも面倒なことでしかない。

それならば端《はな》から人足寄場に戻り、体を休めているほうがずっとよい。寄場内には高名な学者が時折やってきては、大勢の囚人たちを前に、生きるための心得などの講義もしてくれるのである。

結局、昨日は書見をして仁平は過ごした。人足寄場内には書庫もあり、相当の数の書物が置いてあるのだ。

——さて、朝餉にありつくまで、どこで時を潰すか……。

まだ多くの者が眠っているはずの人足長屋に戻る気はない。書庫もまだ開いていない。

歩き出した仁平は人足寄場内に二つある木戸の一つを抜けて、冠木門のところにやってきた。

すでに門は開けられ、常夜灯の明かりを浴びて船着場がほんのりと見えている。

七つ半を過ぎた頃には、ここの門はほぼ開いている。急な用事で夜明け前に町奉行所から人がやってきた際、明け六つを待つことなく対岸から渡し船が出ることがあり、そのために半刻ばかり開門を早めるようにしたのだと、仁平は聞いている。

船着場のそばにたたずんで、身じろぎせずに打ちつける波の音を聞いていた。これまでおのれの身に起きたさまざまなことが、脳裏を去来する。

目を閉じた仁平は、奥歯をぎゅっと噛み締めた。

——すべては運命だ。

おのれに言い聞かせる。

やがて東の空が白み、明け六つの鐘の音が聞こえてきた。

——長屋に戻るとするか……。

冠木門をくぐり抜け、人足長屋を目指す。

その後、目を覚ました仲間たちと一緒に食堂に行った。青菜の味噌汁にたくあん、梅干しに飯という献立の朝餉を、縁台に座ってとった。

食後に味のない茶をすすっていると、牧兵衛が笑みを浮かべて、食堂に姿を見せた。鼻歌でも出そうな上機嫌な顔をしている。

「座ってよいか」

断って、牧兵衛が仁平の横に腰を下ろした。縁台が少し揺れ、きしむ。

それを潮に人足仲間たちが立ち上がり、ぞろぞろと食堂を出ていく。

「ずいぶんと嫌われたものだな……」

自嘲気味の笑いを牧兵衛が漏らす。

「おぬしが嫌われるわけがないではないか。だがあの者たちには、役人に対して、気後れしたりするところが、まだあるのだろう」

ふふ、と牧兵衛が仁平を見て笑んだ。

「なに、あのようなことは慣れたものだ。仁平、気にするな」

「それならよいのだが……」

「それよりも仁平――」

声を低めて牧兵衛が呼びかけてきた。

「上役から許しをもらったぞ。おぬしは今日から日本橋で暮らすことになった。和泉屋が用意する家に住むことになろう」

食堂に続々と新たな囚人たちが入ってくる。誰もが牧兵衛を見て、おっ、という顔をする。

「ちと出るか」

囚人たちに気兼ねしたようで、牧兵衛がすっくと立ち上がった。

「仁平、もう船着場に行こう」

「よかろう」

すぐに立った仁平は、湯飲みを食堂の洗い場で洗い、食器入れに戻した。食堂を出て、牧兵衛とともに船着場に向かう。

「それで、俺は日本橋にはどのくらいいることになる」

歩きながら仁平は牧兵衛にたずねた。

「和助の病が治るまでだ。仁平、和助を治せるか」

「昨日、俺が配合した薬を飲み続ければ、和助どのは必ず治る」

ふむ、と牧兵衛が鼻を鳴らした。

「自信があるのだな。それも、よくわかるというものだ。なにしろ昨日は、まるで魔術でも見せられているような気すらしたからな」

「魔術や魔法の類で、病を治せるはずがなかろう」

「確かにその通りだな」

牧兵衛が同意し、仁平を見つめてくる。

「何度もきいて悪いが、おぬし、いったい何者だ。見事としかいいようがないあの医術は、いつどうやって身につけたのだ」

自分が医術に習熟しているのは、もはや隠しようがないことだ。ここでごまかすような言辞を弄しても、意味がないのは明白である。

「ひたすら勉学に励んだ。ただ、それだけのことに過ぎん」

「寝る暇も惜しんで勉学に勤《いそ》しみ、おぬしがひとかどの医者になったのは、まちがいなかろうな。駿州沼里の出身ということだが、彼《か》の地《ち》で医者をしていたのだな」

「それはよかろう」

そこまで仁平に答える気はなかった。だが、牧兵衛は追及の手を緩める気はないようだ。

「沼里では町医者をしていたのか。それとも、腕の素晴らしさからして、沼里家の御典医だったのか。もしおぬしが沼里家の御典医だったなら……」

牧兵衛がそこで言葉を途切れさせた。牧兵衛には、調べるだけの手蔓《てづる》はあるのだろう。

大名家は、江戸において勤番侍が罪などを犯した際、表沙汰にしないために町奉行所に昵懇《じっこん》の者をつくっておくことが、習わしとなっているからだ。

そういう者のことを代々頼みというが、むろん沼里家の代々頼みもいるはずなのだ。

「おぬしは俺のことを調べる気かもしれんが、結局はなにも出てこん。無駄なことでしかない。やめておけ」

目の前の蠅《はえ》を追うように仁平は手を振った。

「以前の身分がどうであろうと、今の俺は人足寄場内の囚人に過ぎん」

「仁平、そんなに前の身分を知られるのがいやか」

「知られることを嫌ってはおらん。自分の口からいう気がないだけだ」

「沼里でいったいなにがあった。俺に話してみぬか」

「その気はない」

仁平はにべもなくいった。そうか、と牧兵衛がつぶやき、面を上げる。

「しかし仁平、なにゆえそれほど頑《かたく》なのだ」

恥じているからだ、と仁平は思ったが、なにもいわなかった。

「これにも答える気はないか……」

ふう、と牧兵衛が大きく息をついた。

「それにしても、考えてみれば、人足寄場でも、おぬしらは囚人と呼ばれるのだな……」

牧兵衛が話題を変えてきた。すぐに仁平は応じた。

「ここにいる誰もが捕まって連れてこられたのだ。しかも、逃げれば死罪だ。囚《とら》われの身であるのは確かだろう」

歩を運びつつ、牧兵衛が仁平を見る。

「しかし、別に悪事をはたらいたわけではないのだが……」

「ほかに呼びようもなかろう」

「確かにな……」

冠木門をくぐった仁平たちは、すぐに足を止めた。目の前に、一艘《そう》の渡し船が舫《もや》われている。すでに何人か乗っている。

「じきに出るようだな」

仁平と牧兵衛は、渡し船に乗り込んだ。牧兵衛の隣に仁平は座した。

「ああ、そうだ。仁平、おぬしにいっておくことがあった」

すぐさま仁平は話を聞く姿勢を取った。

「俺は人足寄場付きの役目を解かれ、再び南町奉行所に戻ることになった」

驚いて仁平は牧兵衛を見た。

「いつから番所に戻るのだ」

ちょうど渡し船が動き出し、対岸を目指しはじめた。

「明日からだ。明日から俺は、町奉行所で与えられた役目を全うすることになる」

「ずいぶん急な話だな」

「いや、かなり前からいわれていたが、おぬしに話さぬまま今日まで来てしまった」

「そうだったのか。それで、番所で新たにどんな役目を与えられたのだ」

「定町廻《まわ》りだ」

さらりと牧兵衛が答えた。なんと、と仁平は船底から腰が浮きそうになった。まさか牧兵衛が定町廻り同心になるとは、これまで一度も考えたことがなかった。

「定町廻りといえば、番所内で最も華やかな役目ではないか」

「その通りだ」

謙遜するでもなく牧兵衛がいった。

「しかし人足寄場付きだった者が、いきなり定町廻りになれるものなのか」

胸のうちに湧き上がってきた疑問を、仁平は牧兵衛にぶつけた。

「番所内がどのような事情で転任を決めるものなのか、俺はまったく知らんのだが……」

「なに、俺はもともと定町廻りだったのだ」

なんでもないことのように牧兵衛がいった。えっ、と仁平は声を漏らした。これについても、意外としかいいようがない。

「定町廻りを務めていた者が、人足寄場付きの役人をしていたのか」

──見矢木どのは、なにかしくじりを犯したのだろうか。

そのために左遷させられ、人足寄場に回されたのか。

「俺は自ら望んで人足寄場にやってきたのだ」

強い口調で牧兵衛が語った。

「人足寄場付きの役人になるのを、自分から願ったというのか」

「そういうことだ」

仁平を見て、牧兵衛が大きくうなずいた。

「なにゆえそのようなことをしたのだ」

「こう見えても俺は定町廻りとしては腕利きで、これまでにあまたの犯罪人を捕まえてきた」

「ほう、そうだったのか」

薬の調達など、確かに牧兵衛の手際のよさは水際立っていた。それが犯罪人の捕縛でも役に立ったということか。

——もともと見矢木どのは頭の巡りが早いのであろう。やり手といってよいのだ。そういう者は、どんな仕事に就いても、存分に力を発揮するのであろう……。

徐々に近づいてきた対岸をちらりと見やって、牧兵衛が言葉を続ける。

「だが、罪人をいくら捕まえても、その者たちが刑を終えて娑婆《しゃば》に出ると、結局は再び罪を犯してしまう。その後にまたしても捕らえられ、最後には首を刎《は》ねられるという事例を、俺はこれまで数えきれぬほど見てきた。虚《むな》しさを抱いて役目を務めてきたのだ……」

それはさぞつらかっただろうな、と仁平は牧兵衛に同情した。

「だが、人足寄場に送られた者はちがう」

一転、目を輝かせて牧兵衛がいった。

「ここに来るのは、もともと罪など犯していない者ばかりではあるが、刑を終えて娑婆に出たもののどこにも行き場がない者も、入ってくる。人足寄場に入ってきた者たちがここを出て再び犯罪に手を染めるかというと、そのようなことはほとんどない。それは、いったいなにゆえなのか。すでに手に職をつけており、食べる心配がいらぬというのが最も大きいのであろうが……」

「その通りだ」

牧兵衛を見つめて仁平は相槌を打った。

「俺は、どうしてそれほどうまくいっているのか、その仕組みを知りたくて、人足寄場付きの役人になることを望んだのだ」

「なるほど、そういうことか。それで、仕組みに納得がいったのか」

うむ、と牧兵衛がうなずいた。

「ここに入れられるのはもともとまじめな者が多く、手に職をつけることに必死にがんばるということもあるのだろうが、人足寄場を営んでいる側に、どうすれば入ってきた者たちに新たな人生を与えられるか、そのすべを心得ている者が多いように感じた」

仁平はここに来てからずっと人足仕事に従事しており、囚人たちに技を伝授する側の者と接したことはほとんどないが、それらの者の熱意というものは、暮らしていて確かに感じるものがあった。

「おぬしもその一人だな」

牧兵衛を凝視して仁平は断じた。

「いや、俺など大したことはしておらぬ。そのようなことは、いうのもおこがましい」

まじめな顔を崩さずに牧兵衛がいった。

「とにかく、ここには人材が揃っておる。いずれも素晴らしい熱意を持つ者ばかりだ」

「その通りであろう」

すぐさま仁平は同意してみせた。人足寄場から逃げ出そうとする者がほとんどいないことが、そのことを裏づけている。

逃げようと思えば、ここから逃げるのはさほど難しいことではないはずなのだ。それにもかかわらず、逃亡を試みようとする者は滅多にいない。

逃げ出そうとする者がいないのは、おそらく居心地がよいからであろう。

人足寄場を居心地のよい場所にしているのは、教授する者たちが一所懸命で、その熱が教えられる側に伝わるからである。熱意を持って教えられると、人は熱心に取り組むようになるものだ。

――結局、決め手は人なのだな。

便利な物をいくら揃えたところで、有用な人材がいないのでは、無用の長物でしかない。

薬も同じかもしれぬ、と仁平は思った。

――良薬も、それを使いこなせぬ者でないと、患者に害を与えかねぬ……。

渡し船が対岸の船着場に到着し、仁平たちは下船した。

呉服町に向かって、牧兵衛が先に立って歩く。

仁平はそのあとについていった。

二

やがて和泉屋の建物が視野に入った。

今日もまだ店は開いていなかったが、丁稚《でっち》らしい者が箒《ほうき》で軒先を掃いているのが見えた。

「おい、定吉《さだきち》」

和泉屋の前で足を止めた牧兵衛が、丁稚らしい男に声をかけた。

はっ、として定吉と呼ばれた男が箒を持つ手を止め、牧兵衛を見上げる。

「あっ、これは見矢木さま。おはようございます」

あわてたように定吉が辞儀する。

「おはよう、定吉。和泉屋に会いたいのだが、取り次いでくれるか」

「お安い御用でございます」

仁平にも丁寧に一礼して定吉がくぐり戸を開け、中に入っていく。

定吉と入れ替わるようにして外に出てきたのは、あるじの和兵衛である。

「おっ、本人がいきなり出てきおったか。これは驚いたな」

和兵衛を見て牧兵衛が、声を上げた。

「和泉屋、まるで我らを待ち構えていたようではないか」

「はい、もういらっしゃるのではないかと思い、手前は三和土に出ておりました」

「まことに待ち構えておったのだな」

うれしそうに牧兵衛が笑う。和兵衛が改めて朝の挨拶をしてきた。それから仁平たちを中にいざなってくる。

仁平と牧兵衛は、和泉屋の店内に足を踏み入れた。

「それで、和助の具合はどうだ」

細長い三和土から、薬棚の置いてある広間に上がったとき、牧兵衛が和兵衛にきいた。

「とてもよろしゅうございます」

うれしそうに和兵衛が答えた。

「昨日、お二人がお帰りになられてから何度も薬湯を飲ませたのですが、そのたびに顔色がよくなっていくのがわかりまして……」

感極まったように和兵衛が言葉を切った。

「和助どのは、食いけは出てきたか」

和兵衛が上げた内暖簾をくぐりながら、仁平はたずねた。

「はい、出てまいりました。まだお粥をあげているのですが、ご飯を食べたいと申しております」

それはとてもよいことだ、仁平はいった。

「今日からは、ご飯を上げてもよいぞ。ただし、まだやわらかく炊いたものだ」

「承知いたしました。ご飯を食べられると聞いたら、せがれは喜びましょう」

廊下を歩いて仁平たちは、和助の寝所にやってきた。

和助は布団の上に横になっていたが、仁平を見ると目を輝かせた。

「先生、おはようございます」

明るい声を上げるやいなや、和助が起き上がろうとした。

「いや、そのままでよい。まだ無理をしてはならん」

手を上げて和助を制し、仁平は枕元に端座した。

「和助どの、おはよう」

挨拶を返して仁平は和助にただした。

「具合はどうだ」

「はい、自分でも信じられないくらいよいと思います」

破顔して和助が答えた。声にも張りが感じられる。

うむ、と仁平は顎を引いた。

「昨日よりも、顔色がよくなっているな。どれ、熱を診てみよう」

手を伸ばして、仁平は和助の額に触れた。

「昨日とは比べものにならんほど下がっている。これなら心配はいらん」

にこりとして仁平が笑いかけると、和助が微笑を返してきた。

「自分でも、熱が下がっているのはわかります。体が軽くなっているし、起き上がってもふらつきません。食欲も出てきました」

「それはよかった。汗の出はどうだ」

「昨日ほどはもう出ませんが、まだだいぶかきます」

「着替えは頻繁に行うのが肝要だ。体は冷やしてはならんからな」

「はい、よくわかっています」

和助だけでなく、そこにいる家人全員がまじめな顔でうなずいた。

「先生のおかげで、和助はずいぶんよくなりました。ありがとうございます」

和助の布団を挟んで仁平の向かいに座っている高江が、目頭を押さえた。

「和助がこれほど元気になるなんて、一昨日までは考えられなかった……」

「煎じた薬が和助どのに、よく合ったということもあるのだろう。その上に和助どのは若いから、抵抗力もある。——よし、和助どの、次は脈だ」

和助の左手を軽く握り、仁平は脈を診た。

「よいな。脈もだいぶ落ち着いたものになってきている。小水の出はどうかな」

手を離して仁平は和助にきいた。

「とてもよく出ます。これまではどんなに水を飲んでも、あまり出なかったのですが、今はまったくちがいます」

和助の言葉を聞いて、和兵衛が嬉々《きき》として仁平の背後から身を乗り出してくる。

「この子のいう通りでございます。体のいったいどこにこんなにたまっていたのかと思うほど、小水はよく出ます」

そうか、と仁平はにこやかにいった。

「腎の臓の働きが、ことのほかよくなってきたのであろう。たまっていた毒を、体の外にどんどん出していっておるのだ。きっと数日中には歩けるようになるだろう」

「数日中に……。和助、よかったわね」

高江の横に端座している姉のお芳が、目を潤ませていった。

「うん、ありがとう、姉さん」

横になったまま和助も涙ぐんでいる。

「和泉屋どの、薬湯はつくってあるか」

振り向いて仁平は和兵衛にきいた。

「はい、たっぷりとつくってあります」

「最後に和助どのに薬湯を飲ませたのは、いつだ」

「先ほど目を覚ましたときでございますので、四半刻ほど前でございます」

「それなら、次は一刻後でよいな」

「承知いたしました。一刻後に必ず飲ませるようにいたします」

「和助どのは、朝餉は済ませたか」

「はい、先ほどお粥をあげました」

「わかった」

首を縦に動かして仁平は和助に向き直った。

「和助どの、ちと尻のあたりを見せてくれるか。床ずれがないか、見てみたい」

「横向きになれば、よろしいですか」

「できれば、うつ伏せになってくれるとありがたい。無理せずに動いてくれ」

「承知いたしました」

そろそろと動いて和助が布団に腹這《はらば》った。

「では、着物をめくるぞ」

寝間着を持ち上げ、仁平は和助の尻をじっと見た。

「うむ、少し床ずれはできているが、これなら大したことはない。一月も横になっていてこの程度なら、上出来だ」

その言葉を耳にして、高江が安堵したように体から力を抜いた。

家人たちが一身を捧《ささ》げるようにして和助を介添えしたのが、子供らしいきれいな尻から、はっきりと伝わってくる。

ここが大店の薬種問屋で、よい薬が揃っているというのも大きかったのだろう。どんなに身を尽くして介添えをしても、床ずれができてしまうことは多々あるのだ。

仁平は和助の着物を元に戻した。

「和助どの、仰向けになってくれてよいぞ」

わかりましたといって、和助が体勢を元に戻した。ほっとしたように仁平を見る。

「先生、ありがとうございました。先生のおかげで、ここまでよくなることができました」

「礼をいうのはまだ早い。本復してからいってくれればよい」

「では手前が本復した際には、盛大にお礼をいわせてもらいます」

七つにしては、と仁平は思った。ずいぶんと大人びた物言いではないか。

――大店で躾《しつ》けられると、こういう風になるものなのか……。

しかし、誰もが和助のようになるとは思えない。やはり、その者が持つ資質によるのであろう。

「和助どの、もう飽きたかもしれんが、また眠ることにしようか」

「承知いたしました」

素直に答えて和助が目を閉じた。

すぐに寝息を立てはじめる。四半刻ほど前に飲んだという薬湯が効いているのだろうが、驚くほど寝つきがよい。物言いは大人びていても、やはりまだ子供なのだ。

しかしこれほど寝つきがよいのなら、本復はずっと早くなるのではあるまいか。そんな期待を仁平は抱いた。

「仁平さま、見矢木さま。朝餉はもう召し上がりましたか」

ささやくような声で、和兵衛がきいてきた。

「俺はまだだ。仁平は、人足寄場で済ませてきたが……」

和兵衛に向かって牧兵衛が答えた。

「ここに来ればなにか食わせてもらえるだろうと意地汚く思って、俺はなにも腹に入れておらぬ」

「意地汚くなどということは、決してございません。仁平さまは、もうおなかになにも入りませんか」

「いや、そのようなことはない」

仁平は小さく首を横に振った。

「人足寄場ではあまり食べなかったのでな。これはいつものことだが……」

「腹八分目ということでございますね」

「いや、八分目も食べておらん。五分目というところか……」

「でしたら、お召し上がりになりますか」

「いただこう。小腹が空いているのはまちがいない」

「でしたら、お二人の食事を用意いたします。こちらで、しばらくお待ち願えますか」

「承知した」

これは牧兵衛が答えた。微笑とともに和兵衛が立ち上がり、腰高障子を開けて和助の寝所を出ていった。

さして待つほどもなく和兵衛が戻ってきた。

「見矢木さま、仁平さま、朝餉の支度がととのいましたので、こちらにお越しくださいますか」

和兵衛にいわれて和助の寝所を出、仁平と牧兵衛は五間ばかり廊下を奥に行った部屋に入った。

掃除の行き届いた八畳間で、二つの膳が用意されていた。味噌汁の香りが部屋の中に立ち上っている。

「どうぞ、お座りくださいませ」

和兵衛に促されるままに、仁平と牧兵衛は膳の前に端座した。

「これはまた豪勢、極まりないな」

膳の上を見て、牧兵衛が感嘆の声を上げる。

「これほどの朝餉は、初めて目にしたぞ」

まことにその通りだな、と仁平も思った。なにしろ膳には、大きな鰺《あじ》の干物に玉子焼、海苔《のり》、納豆、豆腐、たくあんがのっているのだ。味噌汁の具は、わかめと豆腐である。

箸を手にした牧兵衛は、まさにうなりそうな顔つきである。

「和泉屋ではこれまでに何度も朝餉を食べさせてもらったが、ここまですごいのは初めてだ。和泉屋の喜びがいかほどか、わかるというものだ」

「畏れ入ります」

「しかし、食べるのがもったいないな。いつまでも眺めていたい気分だ」

「しかし見矢木さま、見ているだけでは、やはりつまらないのではないかと……」

「和泉屋の申す通りだな。よし、仁平、いただくとしよう」

うむ、と仁平は牧兵衛に返事をし、まず鰺の干物に箸を伸ばした。

豪勢なだけでなく、味も素晴らしかった。鰺は脂が甘く、しっとりとした身にはこくが感じられた。

これはおいしいな、と仁平は思った。沼里でもさんざん鰺の干物は食べたが、ここまで美味なのは初めてである。塩加減も素晴らしく、炊き立ての飯と抜群に合った。

「仁平さま、味のほうは、いかがでございますか」

「どれも、とてもおいしい。それ以外の言葉は見つからん」

味噌汁も鰹《かつお》だしがよく利いた上品な味で、飯も粘り気があってほんのりと甘みがあった。玉子焼はしっとりと柔らかく焼き上げられ、口の中で溶けてしまうのではないかと思えた。納豆も海苔もたくあんも、厳しく吟味された上で出されているのは、はっきりしていた。

「それはようございました」

満足そうに和兵衛が笑んだ。

最後に香り高い茶を喫して、仁平たちの朝餉は終わった。

仁平たちが茶を飲み終えたのを見た和兵衛が、待ちかねたように口を開く。

「では、今から仁平さまに住んでいただく家にご案内いたしますが、よろしいでしょうか」

和兵衛にいわれて仁平は、もちろんだ、と答えた。

和泉屋をあとにした仁平たちは、道を歩き出した。前を行く和兵衛が、ほんの一町も進まないうちに足を止めた。

「こちらでございます」

目の前に建つ家を和兵衛が指し示す。

「思った以上に近いのだな……」

南向きの家を眺めて牧兵衛がつぶやいた。ここなら、と仁平は即座に思った。

――和助どの病状が万が一急変しても、あっという間に駆けつけられるな。

「しかも、ずいぶんと新しいではないか」

牧兵衛がうらやましそうな声を発した。

「新しく見えますが、うちの隠居が住んでいた家で、建ってから十五年はたっています。では、中に入りましょう」

家の周りを囲む生垣の上を、小鳥たちがさえずりながら飛んでいる。

その生垣の切れ目に枝折戸《しおりど》が設けられ、そこから家の戸口まで、黒光りする石畳が敷かれていた。

家の戸口には頑丈そうな錠が下りており、和兵衛が鍵を使って解錠した。

「どうぞ、お入りください」

板戸をするすると開けた和兵衛にいわれ、仁平は広々とした三和土に入った。ときおり和泉屋の者が風を入れに来ていたのか、かび臭さは一切、感じられない。

「おぬしが先に上がれ」

牧兵衛に促されて仁平は三和土で草履を脱ぎ、式台にまず上がった。

「仁平さま、左に行ってくださいますか」

和兵衛の声がかかり、仁平は廊下を左に進みはじめた。後ろに牧兵衛が続く。廊下には幅が広い材木が使われていた。

「ふむ、まだ木の香りがしているな。これで築十五年か……。よほど質のよい材木をふんだんに使ってあるのだろうな」

その通りだろう、と思いつつ仁平は天井を見た。別に細工が施してあるわけではなかったが、美しい天井だな、と思った。

家には五つの畳敷きの部屋があり、あとは台所、厠である。部屋はいずれも六畳以上の広さがあり、いちばん広いのは十畳間である。

最も奥まったところに位置している八畳間は、おびただしい書物がおさまった書棚が林立する書庫になっていた。

そのさまを見た瞬間、仁平は胸が弾んでならなかった。どの書物の題名を見ても、これまでに読んだことのないものばかりだったからだ。

「これはすごい」

我知らず仁平はつぶやきを漏らした。

「先ほども申し上げましたが……」

仁平の横に立って和兵衛がいった。

「この家は先代が隠居した際、建てたものでございます。隠居は鬼籍に入るまで、この家で薬草の研究をしておりました」

「これらの書物は、隠居が薬草研究のために集めたものか」

「さようにございます」

書棚を見上げて和兵衛が首を縦に振った。

「たまに手前も薬種や薬草のことを調べるために、この家に足を運びますが、その際、ここの書物を開くことがございます。読みたい書物があれば、仁平さまもご遠慮なく、いくらでもお読みになってください」

「必ずそうしよう」

ごくりと唾を飲み、仁平はうなずいた。

――これは楽しみだ。

「それから仁平さま。布団などすべて用意してありますが、なにかほかに要る物があれば、なんでもおっしゃってください」

「承知した」

「ところで和泉屋、仁平の飯はどうするのだ」

家の造りの素晴らしさに圧倒されたかのように、これまでほぼ無言で見て回っていた牧兵衛が和兵衛にきいた。

「仁平自ら食事をつくるのか。それとも、飯のたびに仁平を店まで行かせるのか」

「仁平さまの身の回りのお世話をする者を、つけるつもりでおります」

なに、と仁平は思った。

――一人で暮らすほうが気楽でよいのだが、さすがにそうもいかぬか。

そんな思いを抱いた仁平をちらりと見て、牧兵衛がさらに和兵衛にたずねる。

「その者は住み込みか」

「いえ、通いでございます」

それだけは譲れないといいたげな顔で、和兵衛が断言した。

「では、女か」

牧兵衛の問いに、はい、と和兵衛が顎を引いた。

「まさか、若い娘をこの男のもとに来させようというのではないだろうな」

「さて、いかがでございましょうか」

思わせぶりに和兵衛が笑う。

「その者は昼にはまいりますので、仁平さま、どうか、よろしくお願いいたします」

「あ、ああ、わかった……」

いったいどのような者が来るのだろう、と思いながら仁平は答えた。

「では、俺はいったん人足寄場に戻ることにする。定町廻りに再びなるに当たり、まだ引き継ぎが残っておるのでな」

その牧兵衛の言葉を聞いても、和兵衛に驚く素振りはなかった。牧兵衛が定町廻りに戻ることを、すでに聞いているのだろう。

「では仁平、あとはよろしく頼む」

「わかった」

仁平が答えると、和兵衛に会釈をして牧兵衛が出ていった。

「仁平さまは、荷物はないのでございますか」

「ああ、ないな。さっぱりしたものだ」

さようでございますか、と和兵衛がいった。

「着物は人足寄場のものではなんですから、別のものに着替えていただいたほうがよろしいですね。隣の部屋の簞笥《たんす》に、着物は用意してございます」

「勝手にこの着物を着替えても、よいのか。そんな真似をして、番所からなにかいってこぬか」

「なに、大丈夫でございますよ」

確信の籠もった声で請け合い、和兵衛が大きくうなずいた。

「昨日もその旨に触れましたが、手前が正式に仁平さまの請人になりました。仁平さまは、すでにこの町の人別帳に記載されております。ですので、仁平さまは、もはや無宿人ではございません」

「無宿人ではない……」

はい、と和兵衛がいった。

「ですから、和助の病が治ったあとも、仁平さまは人足寄場には戻らずともよいということでございます」

「ああ、そうなのか」

顎を手でなでて、仁平はつぶやいた。

「あの、仁平さま、うれしくはございませんか。手前は勝手なことをしてしまいましたか」

気が差したように和兵衛がきいてきた。

「いや、そのようなことはない」

すぐに仁平はかぶりを振った。

「あまりに急に眼前の景色が変わったことに、ちと戸惑っているだけだ」

「ああ、さようでございましょうね」

これも運命である。抗ってもしようがない。なにも考えずに受け入れていくのが、賢明であろう。

「和泉屋どの。俺は毎日、和助どのを診るが、それ以外は自由にしていてもよいのか」

「もちろんでございます」

当たり前ですといわんばかりに、和兵衛が点頭してみせる。

「仁平さまがここでなにをされようと、誰もなにも申しません。もしこちらで医療所を開かれるおつもりでも構いません。手前は、すべての面にわたって力をお貸しいたします」

力強い口調で和兵衛がいった。

「そうか……」

「もし医療所を開かれたとしても、手前どものせがれを、真っ先に診ていただきたいのでございますが……」

「それはそうだろうな。だが和泉屋どの、俺に医療所を開こうという気はない。今は和助どのにありったけの力を注ぐつもりでいる」

「それは、まことにありがたいお言葉でございます」

感極まったような声を和兵衛が上げた。

「手前は、まさしく百万の味方を得た思いでございます……」

感激の面持ちの和兵衛は、今にも涙ぐみそうだ。

「では仁平さま、なにかございましたら、ご足労をおかけしてまことに申し訳ないのでございますが、店までおいでいただけますでしょうか」

「承知した」

「あの、繰り返し申し上げますが、着替えの着物は隣の部屋の簞笥にございます。湯屋はここから一町ばかり北に行ったところにございます。もし汗を流されたいのなら、夜の五つまで開いておりますので、そのあいだならいつでもいらしてください。和泉屋の者だといえば、ただで入れますので」

「ああ、そうなのか」

助かるな、と仁平は思った。

「はい。店の者や家人がほぼ毎日まいりますので、半年分を先払いにしてございます。あと、お布団も隣の部屋の押し入れにございます。もし身の回りの世話をする者が来る前に仁平さまが横になりたいと思われたら、お手数をおかけしますが、ご自分で敷いていただけますか」

「承知した」

「では仁平さま、手前はこれにて失礼させていただきます」

深く辞儀して、和兵衛が家を出ていった。それを見送ってから、仁平はまず隣の部屋に入った。

そこは八畳間で、大きな簞笥が一つ鎮座していた。その横に、布団がしまわれているとおぼしき押し入れがある。

簞笥に歩み寄った仁平は、一番上の引出しを開けてみた。

それには、何枚もの小袖が畳まれて入っていた。

——どれがよいか。

結局、紺色に縦縞《たてじま》模様というありふれた小袖を選んだ。人足寄場の水玉模様の着物を脱ぎ捨てると、肩からすっと力が抜けたのがわかった。

——俺は気を張っていたのだな……。

水玉模様の着物を畳みながら、仁平は新たな小袖を身につけた。なにか生まれ変わったような気すらする。

――羽織《はおり》もあるのだろうか。

その下の引出しを開けてみると、黒紗《しや》で仕立てられた十徳があった。仁平は手で触れてみた。滑らかでしっとりしている。

――さすがによい物だな。しかしこれを着たら、まさしく医者ではないか……。

さして寒くもないし、今のところは十徳はいらぬ、と仁平は判断した。

小さな引出しには、手ぬぐいや手拭きの類が入っていた。

――ありがたいな。

一枚の手ぬぐいを懐にそっとしまい入れて、仁平は奥の書庫に向かった。

――これはすごい……。

仁平は目をみはるしかない。やはりこれまで読んだことのない書が、いくらでも揃っているのだ。

「おっ、これはなんだ」

目を引かれた一冊の書を、仁平は手に取った。題名は『益毒草木集成』とある。

「これは、いつ書かれたものだろう……」

巻末を見ると、今から百年ほど前に書かれたものであるのが判明した。著者は吉川斎練香とあった。

「よしかわさいれんこう、と読むのか。それとも、きっかわさい、か……」

よくわからなかったが、とにかく初めて目にする書であるのは紛れもない。

百年ほども前のものなのに、書物としての状態はかなりよい。刊行されてから、それほどの時がたっているとは思えないほどである。

書棚のそばにある文机の上に『益毒草木集成』を置き、仁平は端座した。背筋を伸ばして、静かに『益毒草木集成』を開く。

――この家のあるじだった隠居も、こうして書物を読んだのであろうな。

『益毒草木集成』には、植物の図が豊富に記載されていた。

――これはよい。

『益毒草木集成』に目を落としているだけで、仁平は楽しかった。こんなに心躍るのはいつ以来なのか、思い出せないほどだ。

『益毒草木集成』に記された文章を読みはじめた仁平は、いつしか時がたつのを忘れた。

三

ふと目に疲れを覚え、仁平は『益毒草木集成』から顔を上げた。目を閉じ、まぶたを軽く揉《も》んだ。

――おや……。

外から、先生、と呼ぶ声がしたのだ。

――先生とはおそらく俺のことだろう。

いったい誰が来たのか。まだここにやってきて間もないのに、誰が訪ねてくるものなのか。

――和泉屋がいっていた、俺の身の回りの世話をする者か……。

「先生、いらっしゃいますかい」

また声がしたが、外から聞こえてくるそれは男の野太いものである。和兵衛は、仁平の身の回りをする者は女であるようなことをいっていた。

『益毒草木集成』を開いたまま立ち上がり、仁平は部屋を出た。廊下を歩いて戸口に向かう。

「先生、いらっしゃいますかい」

男の声がし、同時に戸が叩かれる。

「誰だ」

三和土に立った仁平は戸越しに誰何《すいか》した。

「あっしは喜知二《きちじ》といいますが、先生に怪我をした仲間を診てほしいんです」

怪我人だと、と仁平は驚いた。なぜここにやってきたのか。仁平は面食らうしかない。

「先生――」

さらに同じ男が呼びかけてきた。声に必死さが籠もっている。

「聞こえていますかい」

聞こえている。だが、ここは医療所ではないぞ」

「でも、先生はとても腕がいいお医者だって聞いたんですが……」

「そのことを誰から聞いたのだ」

ここに仁平がしばらく住むことを知っている者は、まだほとんどいないはずだ。

「和泉屋の旦那さまです」

和泉屋だと、と仁平は思い、眉根を寄せた。

「それはあるじの和兵衛どののことだな」

ほかに考えられなかったが、仁平はあえてきいた。

「ええ、さようです」

「和兵衛どのがおぬしに、ここに行くようにいったのか。おぬし、喜知二といったが、和泉屋とはどのような関係だ」

「あっしらは、和泉屋さんに出入りしている人足ですよ。先生、早く仲間の傷を診てやってくだせえ」

人足と聞いて仁平は、仕方あるまい、と腹を決めた。自分も人足だったのだ。怪我をしている人足に、帰れなどと、いえるはずがない。人足でなくとも、怪我をして苦しんでいる者を、見捨てるわけにはいかない。

戸を開けると、敷居際に三人の男が立っていた。人足というだけあって、いずれもたくましい体をしている。

そのうちの一人が、右足の甲のところに怪我をしていた。手ぬぐいが巻かれているが、それは血の色に染まりつつあった。まともに歩けないようで、怪我をした人足の肩を、仲間の二人が両側から支えている。

「どうした、なにがあった」

仁平は、怪我をしている男にたずねた。

「いや、話をする前に、まずは中に入れ。そのほうが落ち着いて話せよう」

「わかりやした」

戸口の敷居を越え、三人が中に入ってきた。式台から廊下に上がり、奥に来るように仁平はいった。

「あの、三人とも足が汚《きたね》えんですけど、このまま上がっても、よろしいんですかい」

「今は仕方なかろう。しかし、ここは和泉屋の家作ゆえ、おぬしらがあとでしっかり掃除をしておくのだ。わかったか」

「わかりやした」

三人の人足を、仁平は最も広い十畳間に入れた。怪我をしている男を目の前に座らせ、右足を投げ出させる。

「おぬし、名は」

傷を見ながら仁平はきいた。

「あっしは願吉《がんきち》といいます」

「そうか、よい名だな。二親の思いが込められているのがよくわかる名だ」

「へい、ありがとうございます」

「この傷はどうした」

「あの、大八車から薬種の入った木箱を降ろしていたんですが、どういう弾みか、そのうちの一個がいきなり足の上に落ちてきたんです。それも、木箱の角のところが、あっしの足に当たっちまって……」

　顔をゆがめて願吉が説明した。

「それは、さぞ痛かっただろうな」

　心から仁平は同情した。

「へい、泣きそうになりました」

「しかし、泣かなかったのだな」

「へい、なんとか……」

「しかし、痛いときは泣いたほうがよいこともある。痛みが軽くなるからな」

「えっ、そうなんですかい」

　驚いたように願吉がいった。

　仲間の二人も目をみはって仁平を見ている。

「そうだ。人の体というのは、よくできているものだ」

「泣くと痛みが軽くなるだなんて、そいつはびっくりですねえ。もし今度、同じことがあったら、声を上げて泣くようにしますよ」

「そうするほうがよいな。どれ、足を診せてくれ」

　願吉を見つめて仁平はいった。

「よろしくお願いします」

願吉が、ぺこりと頭を下げてきた。

ぐるぐると乱暴に巻かれた手ぬぐいを静かに外し、仁平は足の甲の傷にそっと触れた。顔をしかめたものの、願吉は声を上げたりはしなかった。

「触ると痛いか」

「はい、少し」

そうか、といって仁平は甲から手を離した。

「折れてはおらんようだな。ひびも入っておらん。打撲だな。少し腫れてはいるが、数日で引こう」

「打撲ですかい」

ほっとしたように願吉がいった。

「でしたら、すぐに仕事に戻れますね」

「すぐさま仕事に戻るのは、勧められんな。腫れが引いてからのほうがよい」

「でも先生、それだと数日かかるんですよね」

「まあ、そうだ」

「すぐに治る薬はありませんかい」

「ないこともないが……」

「あっしは、仕事を休むわけにはいかないんですよ」

「なにゆえだ。借金でもあるのか」

「いえ、女房が腹ぼてでして、これから金がかかりそうなもんで……。今のうちにできるだけ稼いでおきたいんですよ」

「そうか、孕《はら》んでいるのか。わかった」

うなずいて仁平は、付き添っている仲間の一人を見た。

「おまえ、喜知二といったな」

「へい、さようです」

かしこまって喜知二が答えた。

「今から和泉屋に行って、赤檗《せきばく》と楊松皮《ようしょうひ》、くちなし、桂皮《けいひ》をたっぷりともらってこい。いずれも薬草だ。覚えたか」

「はい、覚えやした」

「まちがいなく覚えたか」

念押しするように仁平はきいた。天井を見て喜知二が軽く首をひねる。

「えーと、赤檗に楊松皮、くちなし、桂皮でしたね」

「その通りだ。あと、すり鉢にすりこぎ、まっさらな晒《さらし》、焼酎も忘れるな」

「すり鉢にすりこぎ、まっさらな晒、焼酎ですね。へい、わかりやした。行ってきます」

「できるだけ早く戻ってきてくれ」

「わかりやした。おい、おめえも一緒に来てくれ」

仁平に頭を下げて、喜知二ともう一人の人足が家を出ていく。

間もなく喜知二たちの手で、仁平が必要としている物がもたらされた。

「よし、一つとしてまちがえておらんな。大したものだぞ」

笑顔で喜知二を褒めてから、仁平はすり鉢の中に四つの薬草を次々に入れ、すりこぎですり潰しはじめた。薬研《やげん》があればなおよいが、ここにはないようだ。いや、探せばあるのかもしれないが、今はすり鉢で十分である。

やがて、すり鉢の中の薬草に粘りが出はじめた。さらにすり潰し続ける。

すりこぎをかたわらに置いた仁平は手で薬草に触れ、塩梅《あんばい》を見た。すでに粘り気も十分である。よし、と思った。

「これで膏薬《こうやく》の出来上がりだ」

「膏薬ができるところなんて、初めて見ましたよ」

痛みに顔をしかめつつも、願吉は目を輝かせている。

仁平は、願吉の右足の傷を焼酎で毒消しをし、膏薬を塗り込んだまっさらな晒を巻きつけた。

「ああ、冷たくて気持ちがいい……」

うっとりしたように願吉がいった。

「そのうち、だんだんと温かくなってくるはずだ」

「ああ、そうなんですね。そいつは楽しみですねえ」

うれしそうに願吉が笑う。仁平は晒をぎゅっと結び、たやすく外れないようにした。

「よし、願吉。これで終わりだ」

願吉の右足を軽く叩いて仁平は宣した。

「ありがとうございました」

感謝の思いを面に露わにして、願吉が礼を述べた。

「まさかと思うが、願吉、今日、仕事をするつもりではあるまいな」

「先生、いけませんかい」

「今日はやめておいたほうがよい。無理をすると、治りが遅くなるからな。いつまでも痛みを引きずることになるぞ」

「わかりました。でしたら、今日はおとなしく帰ることにします」

「それでよい」

仁平は願吉にうなずいてみせた。

「あの、先生。お代なんですが……」

おずおずと願吉がきいてきた。

「いらん」

仁平はあっさりといった。

「えっ」

願吉だけでなく喜知二たちも驚いている。

「薬草も晒も焼酎も、すべて和泉屋のものだ。俺は一文も出しておらんゆえ、代はいらん」

「しかし、先生には手間をおかけしたのでありませんかい」

「願吉、そのようなことをおぬしが考えずともよいのだ」

「はあ」

「代はいらん。これはまことのことだ」

「先生、本当によろしいんですかい」

「本当だ。おぬし、これから金が要るのであろう」

「はい、おっしゃる通りです。先生、ありがとうございます。ただで診てもらえるなんて、とても助かります。あの――」

すぐに願吉が言葉を重ねる。

「先生のおっしゃる通り、今日はもう仕事はやりませんが、明日は仕事をしても大丈夫でしょうか」

「痛みがなく、腫れが引いておれば、仕事をしても構わんぞ」

「さようですか」

朝日が射《さ》したかのように、願吉の顔が明るくなった。

「願吉、もう帰ってよいぞ」

仁平がいうと、三人の男が口々に礼をいって家を出ていった。

三人を見送った仁平は、再び奥の間に戻った。文机の前に座し、『益毒草木集成』を読みはじめる。

四

ほんの数行も読み進まないうちに、どこからか女の声が聞こえてきた。

戸口で仁平を呼んでいるようだ。なんだろう、と思って仁平はそちらを見やった。

——また誰か来たのだな。

しかも女とは。

——もしや新たな患者だろうか。そうではなく身の回りの世話をする者か。

『益毒草木集成』を閉じ、仁平は立ち上がった。

戸口に出てみると、そこに立っていたのは、和泉屋の娘だった。思いもかけない訪問者で、仁平は瞠目した。

「お芳どの、どうかしたのか」

「昼餉の支度にまいりました」

仁平を見つめてお芳が答えた。

「なに」

さすがに驚いた仁平は、お芳の顔をまじまじと見た。

「なにゆえおぬしが昼餉の支度をするのだ」

「昼餉の支度だけではありません。私が先生の身の回りのお世話をすることになりました」

なんと、と仁平は驚愕《きょうがく》した。

「おぬしは正真正銘、和泉屋の娘だな。実は下女だということはないな」

「私は和泉屋の娘、芳でございます」

「深窓のお嬢さまが、俺の身の回りの世話をするというのか」

「自分のことを深窓のお嬢などとは思っていませんが、仁平先生の身の回りのお世話をするのは、私自身が望んだことです」

――自ら願って、俺の世話を焼こうというのか……。

そのことがどうにも信じられず、仁平は大きく息を吸い込んだ。

「和泉屋は許したのか」

「もちろんでございます。おとっつぁんの許しがなければ、私はここに来ておりません」

それはそうだろうな、と仁平は思った。

「あの、仁平先生は、今日うちで朝餉を召し上がりましたね」

話題を変えるようにお芳がいった。

「ああ、いただいた」

「いかがでしたか」

「とてもおいしかった。文句なしの朝餉だったな」

実は、とお芳がいった。

「あれは私がつくったものです」

「おう、そうであったか……」

これにも仁平は驚くしかない。

「私がつくったのは玉子焼にお味噌汁です。ああ、鰺の干物も焼きましたし、ご飯も炊きました」

「玉子焼も味噌汁もうまかった。鰺の干物は、塩加減、焼き加減ともに絶妙だった。正直、あれだけの鰺の干物は食べたことがなかった」

「さようでございますか」

うれしそうにお芳がほほえんだ。

——それにしても、大店の娘が、あれだけの朝餉をつくれるとは……。

仁平は心から感心した。和泉屋ほどの店になれば、たいていの場合、専任の料理人がつくるはずである。

「なにゆえ、おぬしはそれほど料理の腕が優れているのだ」

仁平にきかれて、お芳がにこりとした。

「包丁を持つのが、好きだからだと思います。好きこそものの上手なれ、と其角《きかく》さんもおっしゃったそうですし」

其角か、と仁平は思った。高名な俳人松尾芭蕉《まつおばしょう》の門人で、俳諧の世では特に知られた人である。もう百年以上前に鬼籍に入っている。

「しかし、好きだというだけでは、あれほど上達することはなかろう」

仁平が指摘すると、はい、とお芳がうなずいた。

「うちの料理人に、とことん仕込んでもらいました」

ほう、と仁平は嘆声を漏らした。

「一流の料理人に鍛えられたのか。それはまた本格といってよいな。いずれ料理屋でも開こうというのか」

「いえ、その気はありません」

お芳があっさりと否定してみせた。

「おいしい料理を幸せそうに食べる姿を見ていると、こちらも幸せになれます。ただそれだけのことです」

——なるほど、そういうことか。

仁平は納得がいった。お芳は、人を喜ばせたいという気持ちに、あふれている娘なのだろう。

「ところで仁平先生。先ほども申し上げましたが、私がするのは料理だけではありません」

仁平をまっすぐに見て、お芳が告げた。

「俺の身の回りの世話のことだな……」

「はい。おとっつぁんやおっかさんと話し合って決めたのです。仁平先生、私が身の回りのお世話をするのは、ご迷惑ですか」

「いや、そのようなことはない」

正直にいえば、むしろありがたい。

「お芳どの、おぬしはいくつだったかな」

首をかしげて仁平は問いを投げた。

「十七でございます」

まだ嫁入り前であるのは、確かめるまでもないだろう。

――十七の嫁入り前の娘に、そのような真似をさせてよいものなのか……。

もし万が一、仁平とのあいだでまちがいが起きるようなことがあれば、和兵衛や高江はどうする気でいるのか。

――いや、俺に限ってそのようなことがあるはずがない。

自らに言い聞かせるように仁平は思った。

「あの、仁平先生は、ご内儀はいらっしゃるのですか」

いきなりお芳にきかれ、むっ、と仁平は詰まった。

「あっ、いらっしゃるのですね」

すとんと両肩を落とし、お芳が残念そうな顔になった。面を上げて仁平を見、新たな問いを発してくる。

「あの、ご内儀は今どちらにいらっしゃるのですか」

「それについてはよかろう」

お芳を見据え、仁平はひときわ強くかぶりを振った。

「はい、わかりました」

ほっそりとした首をお芳が縦に動かした。それから、すっと背筋を伸ばして仁平を見つめてくる。

仁平には、お芳が一瞬で気持ちを入れ替えたように見えた。

「仁平先生の身の回りのお世話だけでなく、私は、診察や治療のお手伝いもさせていただきます」

「だがお芳どの、俺は医療所を開いたわけではない。おぬしがそのような真似をする要は、まずなかろう」

「それがあるのです」

確信ありげな顔でお芳がいった。

「どういうことだ」

間髪を容れずに仁平はただした。

「今日、仁平先生は怪我をした人足の願吉の手当をなさいましたね」

「確かにした。和泉屋の紹介で、やってきたということだった」

「喜知二たちによると、仁平先生は、鮮やかに願吉の傷を治されたそうです。ですから、仁平先生が名医であることは、この界隈《かいわい》の者は遅からず知ることになります。そうなれば、あっという間に患者が押し寄せてまいりましょう」

「それはまことのことか」

仁平には、いぶかしむ気持ちしかない。

「まことのことでございます。ですから、必ず診察や治療のお手伝いをする者が要ることになるのです」

本当に患者が押し寄せてくるなら、一人でさばききれるはずがない。

だが、果たしてそんなことがあるものなのか。仁平はまだ本気にできない。

「仮に大勢の患者がやってきたにしても、おぬしが診察や治療を手伝うのは、無理ではないか。これまでそのような経験もなかろう」

「大丈夫でございます」

仁平をよく光る瞳で見て、自信満々の顔でお芳が断言する。

「なにゆえ、そういい切れるのだ」

「私が薬種問屋の娘だからです。そこいらの藪医者《やぶいしゃ》なんかより、医術に対する見識がずっと深《ふこ》うございます」

「ふむ、見識か……」

「はい。幼い頃から私はこの家に入り浸って、ここにある書物を、おじいちゃんと一緒に読んでおりました。ですから、薬種については詳しいのです」

隠居の膝に抱かれたお芳の幼い姿が、仁平には見えるような気がした。

「だが、薬種の知識があるだけでは、ほとんど役に立たん。なんといっても、血を見ることもあるのだからな。血を見れば、おぬしは気絶してしまうかもしれん」

「私が、血に気後れするようなことはありません。初めて魚をさばいたときも、まったく動じなかったのです。そのことを、うちの料理人に褒められました」

「魚と人とでは、まるでちがう」

「それはよくわかっています。とにかく――」

いっそう声を励ましてお芳がいった。

「今日から、私は仁平先生のおそばにつきます。仁平先生、どうか、大船に乗ったお気持ちでいてください」

お芳がにっこりと笑った。

「では、これから昼餉と夕餉の買物に行ってきます」

にこやかにいったお芳がくるりと体を返し、枝折戸を出ていく。

その弾んだ姿を、仁平は呆然とした思いで見送った。

――とても大店の娘とは思えぬ。まるで兎《うさぎ》が跳び回っているようではないか……。

これも運命だな、と仁平はすぐに思った。あの娘が診察や治療の手伝いもするというのなら、受け入れるしかない。運命に逆らうことは、できないのだ。

――しかし、ここに患者が押し寄せるようなことが本当にあるのか。願吉の足の怪我を手当しただけだぞ。

今もこの家は、その風情にふさわしい静謐《せいひつ》さを保っている。患者が押し寄せてくるような様子や気配は一切、感じられない。

――あり得ぬ。

再び奥の部屋に行き、仁平は書見をはじめた。『益毒草木集成』の続きを熟読していると、勝手口のほうからお芳の声がした。

「ただいま戻りました」

廊下を足早に渡る足音がし、お芳が顔をのぞかせる。

「今から昼餉の支度に取りかかります。仁平先生、待っていてくださいね」

にこにことお芳がいった。その笑顔が、仁平には、とてもかわいらしく見えた。あわてて首を振って、しゃんとする。

「仁平先生、どうかされましたか」

怪訝そうにお芳がきいてきた。

「いや、なんでもない」

口に手を当てて仁平は、こほんと咳払いをした。

「お芳どの、飯は少しでよいぞ。食べすぎると、眠くなってしまうからな」

「わかりました。仁平先生のおっしゃる通りにいたします」

「頼む」

お芳が体を翻そうとしてとどまり、仁平を見つめてきた。

「あの、仁平先生――」

「なにかな」

『益毒草木集成』から面を上げて、仁平はお芳を見た。敷居際に立っているお芳は、なにか決意を秘めたような顔をしている。

「私のことは、呼び捨てにしてくださいませんか」

むっ、と仁平はお芳を見直した。

「お芳どの、なにゆえそのようなことをいうのだ」

「だって、私のほうがずっと年下ですし、呼ぶときに、どのをつけるだなんて、他人行儀ですから……」

俺たちは他人そのものではないか、と仁平は思ったが、そのことは口にしなかった。

「しかしお芳どの、俺たちは昨日、初めて会ったばかりだぞ」

「その通りですけど……。あの、仁平先生は、もともとお武家ではありませんか」

——俺が武家の出であることは、わかっていたか……。

別に隠そうとはしていなかったから、十七の娘にわかるのは当然のことかもしれない。

「その通りだ」

仁平は顎を上下に振った。

「仁平先生の言葉遣いや物腰から、そうであるのは、すぐにわかりました。お武家が町人を呼び捨てにするのは、当たり前のことだと思うのですが……」

しおらしい顔つきでお芳がいった。その表情がずいぶんと色っぽく見えて、仁平はどぎまぎした。

——十七の小娘に、いったいなにを惑わされておるのだ。

気持ちを落ち着かせるために、仁平は深く息を吸い込んだ。

「わかった。おぬしのことは、呼び捨てにしよう」

つっかえることなくいえたことに、仁平は安堵の思いを抱いた。

「ありがとうございます」

ゆったりとした笑みを浮かべたお芳が、うれしげに腰を折ってみせた。

「あの、仁平先生、さっそく呼んでいただけますか」

なんだと、と思い、仁平はわずかに腰が浮きかけた。

「どうか、お願いします」

お芳に懇願されて、仕方あるまい、と仁平は丹田に力を込めた。

「お芳。――これでよいか」

すぐにお芳が首を横に振った。

「呼んだら、そのまま私のことを黙って見つめてくださいますか」

――いろいろと注文が多い娘だ。

「お芳」

呼びかけて、仁平はお芳に強い眼差しを注いだ。

「ああ、うれしい」

身をよじらせて、お芳が喜びを露わにする。

「では仁平先生、昼餉の支度に取りかかりますね」

一瞬で、お芳の姿が仁平の視界から消えた。ふう、と息をついて仁平は再び書見に戻った。

――あの娘には、これから振り回されるかもしれぬな。

覚悟しなければならぬ、と仁平は思った。だがその一方で、そのことを楽しみにしている自分がいることに気づいてもいる。

お芳のことを頭から追い出し、なんとか『益毒草木集成』に熱中しはじめたとき、吸物のものらしいだしのにおいが漂いはじめた。くんくんと、仁平は犬のように鼻を鳴らした。

——これは、よいにおいだな……。

朝餉は人足寄場でも食べてきたし、和泉屋でも食した。それにもかかわらず、仁平は空腹を覚えた。

もう昼になろうかという刻限だから腹が空くのは当然かもしれないが、それ以上に、あまりにこのだしのにおいが素晴らしいからであろう。

——たまらぬ。

昼餉が待ち遠しくなり、仁平は『益毒草木集成』を読むのに身が入らなくなった。

それから四半刻ばかりして、お芳がやってきた。

「仁平先生、昼餉の支度がととのいました。こちらにいらしていただけますか」

「承知した」

厳かな口調でいって仁平は『益毒草木集成』を閉じ、すっくと立ち上がった。お芳が台所横の六畳間に仁平を案内する。

そこには膳が一つ置かれていた。

「どうぞ、お座りになってください」

お芳にいわれ、仁平は膳の前に端座した。献立は白身魚の刺身に吸物、青菜のおひたし、梅干し、飯というものである。

――昼も豪勢としかいいようがないな。

まるで料亭に来たかのようだ。それでも、飯は小盛りにしてあった。

「お芳どの、いや、お芳は食べぬのか」

お芳の分の膳が置かれていない。

「私は仁平先生のお世話をする者ですから、一緒に食べるわけにはまいりません」

この娘にしては、と仁平は思った。ずいぶんかたいことをいうではないか。

「お芳の分の支度も、もうできているのであろう」

「はい、できておりますが……」

お芳がちらりと台所のほうを見た。

「ならば、その膳をこっちに持ってくればよい。一緒に食べようではないか」

「よろしいのですか」

瞳を輝かせてお芳が問うてきた。

「もちろんだ」

「では、持ってまいります」

うれしそうにいって、お芳がいそいそと台所に向かった。

すぐに戻ってきた。お芳が仁平の向かいに膳を置き、その前に座る。

「では、いただこうか」

仁平は、まず椀を持った。中に白身の魚の骨が入っている。澄んだ汁をすすると、うなりたくなるような旨《うま》みが、口中に広がっていった。

「とてもよいだしが出ているな。上品としかいいようがない」

「この時季にしては珍しく、うちが贔屓《ひいき》にしている魚屋に、かわはぎのよいものが入っていましたので……」

かわはぎは肝が特にうまいことで知られているが、冬が旬といわれている。

かわはぎの刺身に箸を伸ばし、肝醤油《しょうゆ》につけてから仁平は口に入れた。

「こいつはすごい……」

肝の脂がほの甘く、淡泊な味の刺身とよく合う。

「このかわはぎを、お芳がさばいたのか」

「さようです」

「大したものだ……」

仁平の口からは嘆声しか出ない。

「仁平先生」

箸を止め、不意にお芳が呼びかけてきた。

「こうしていると、まるで夫婦のようですね」

ぶっ、と仁平は食べている物を噴き出しそうになった。

——これほどの料理を供せるなど、この娘を妻にできる者は幸せ者だな。

しゃきしゃきとした歯ごたえの青菜のおひたしを咀嚼《そしゃく》しつつ、仁平は強く思った。

五

昼餉を終えて奥の部屋に戻った仁平は、再び文机の前に座した。

「仁平先生、お茶をどうぞ」

盆を捧げ持つようにして、お芳がやってきた。仁平の横に座して、まず茶托《ちゃたく》を文机に置き、その上に湯飲みをのせる。

「かたじけない」

お芳に礼をいい、仁平は湯飲みを手にした。そっと口をつける。

「ああ、うまい……」

茶の温かみが、体に染み渡っていくような心地さえした。

「こんなにおいしい茶を、おぬしらはいつも飲んでいるのか」

「このお茶はいつも飲んでいる物を、店から持ってきました。おいしい物をいただくほうが、気持ちが豊かになります」

「懐も豊かでないと、なかなかこれだけの茶は飲めぬ。だが、やはりうまい茶というのは、ありがたいな。昔は薬として飲まれていたのも、わかるというものだ」

「薬だったのですか……。仁平先生、お茶には薬効があるのですか」

ある、と仁平はいった。

「まずは利尿だ。小水を多く出させ、体の悪い物を取り去る。和助どのには、茶と同じ効能を持ち、もっと強い働きの薬種を使った」

「ああ、そうだったのですね」

「それと、茶は体の余計な脂を取るともいわれている」

「それは、痩せるということですか」

「そうだ。茶を飲むと痩せるようだ。太りすぎの者が飲むのは、特によいであろう」

「でしたら、私もたくさん飲むことにいたします」

「おぬしは別に太っておらぬ。ゆえに、がぶがぶ飲む要はない。今時の娘の中には、むしろ痩せているくらいなのに、おぬしのようにさらに痩せたいと望む者がいるらしいが、ほどよい分量を飲んでいればよいのだ。それが体にとって一番よいのだから」

「はい、わかりました」

素直にお芳がうなずいたとき、外から人の呼ぶ声がした。

「誰かいらっしゃったようですね。もしや患者さんではないでしょうか」

なに、と仁平は思った。本当にお芳のいう通りになったということか。

さっと立ち、お芳が部屋を出ていく。

顔を上げて、仁平は耳を澄ませた。すぐに、戸口のほうから話し声が聞こえてきた。

おなかが痛いのですか、と問うているお芳の声が耳に届く。

――まことに患者のようだな。

願吉を診た以上、新たな患者を断るわけにはいかない。腹を決め、仁平はすっくと立ち上がった。

「仁平先生――」

廊下をやってきたお芳が、部屋をのぞき込んできた。

「患者はどんな具合だ」

はい、とお芳がうなずいた。

「まだ五つの女の子で、おなかが痛いそうです。おっかさんと一緒に来ています」

わかった、と答えて仁平は二人を十畳間に入れるようにお芳に命じた。承知いたしました、といってお芳が姿を消した。

行くか、と自らに気合をかけるようにして、仁平は奥の間を出た。

——これからは、ここが医療部屋になるかもしれぬ……。

目の前の腰高障子をじっと見る。それを開けて、仁平は部屋に入った。

部屋の隅に、母親と娘が遠慮がちに端座していた。娘は泣きそうな顔をしている。

その横にお芳が座り、娘をなだめていた。

「こんにちは」

快活な口調を心がけて仁平は挨拶し、娘の前に座した。

「俺は仁平という。よろしくな」

娘に向かって仁平は笑いかけた。

「おぬしの名は」

二十代半ばと思える母親がいいかけたのを、遮るようにして娘が答えた。

「あたしは都美《とみ》といいます」

――これだけ声を張れるのなら、身もだえするような痛みではないのだな……。

「お都美ちゃんか。よい名だ」

褒めてから仁平は、お都美に顔を近づけた。

「おなかが痛いということだが、どのあたりが痛いのかな」

「この辺」

お都美が腹の下のほうを触った。

「どういう痛みだろう。刺されたように鋭い痛みか、それとも、軽く殴られているような鈍い痛みか。あるいは、しくしくするような痛みかな」

仁平にきかれて、お都美が首をひねる。

「しくしくするような痛み……」

そうか、と仁平はいった。

「お都美、これからおなかの痛いところに触れるが、よいか」

少し顔を近づけて仁平はたずねた。

「うん、大丈夫」

「お芳――」

顔を上げて仁平は呼んだ。

「布団がしまわれている部屋はわかるか」

「わかります。いま持ってきます」

仁平の意図を解して、お芳がいった。

「頼む」

わかりました、と答えてお芳が部屋を出ていった。すぐに布団を抱えて戻ってくる。

「ここに敷いてくれ」

お芳が、部屋の真ん中に布団を広げた。

「お都美、横になってくれるか」

優しくいって、仁平はお都美を布団に寝かせた。

「では、触るぞ。怖がらずともよいからな」

手を伸ばし、仁平は着物の上からお都美の腹に触れた。

――ふむ、だいぶ腹が冷えておるな。子供にしては珍しい……。

「痛いのは、このあたりか」

お都美の顔をのぞき込んで仁平はきいた。

「もう少し下……」

すかさず仁平は指を少し動かした。

「このあたりか」

「そう……」

「このあたりが、しくしくしく痛むのだな」

「そう」

――ここがしくしく痛むとは、やはり体が冷えているせいだな……。

「お都美、足にも触るぞ」

小さな足を持ち上げて、仁平は足の裏に触れた。こちらも、ひどく冷たい。

「今から足の裏のつぼを押すが、よいか」

これは母親にたずねた。

「あの、足の裏のつぼを押されると、痛いのですか」

「少し痛むが、決して強く押すことはない。どこが痛いのか、確かめるだけだ」

「お都美、お医者さまが足のつぼを押してもよいか、きかれているのだけど……」

「うん、構わないよ」

平気な顔でお都美が答えた。

「そう。――では先生、お願いします」

「ではお都美、押すぞ。あまり痛くないようにするからな」

仁平は右手の親指の腹で、お都美の右足の土踏まずの真ん中を、少しだけ力を入れて押した。

お都美は別に痛がらなかった。

土踏まずの近くには、胃腸に関係するいくつかのつぼがある。それらを仁平は順に押していった。

しかし、お都美は痛がるような素振りを見せなかった。痛いのを、無理に我慢しているようにも見えない。

「よし、最後はここだ」

親指をずらした仁平は湧泉《ゆうせん》のつぼを押した。

「あっ、痛い」

布団の上でお都美が体をよじる。

「ああ、済まぬ。ちと力が入ってしまったようだ」

――湧泉が痛むのか。腹のしくしくする痛みは、やはり冷えからきているな……。

確信を抱いた仁平はお都美にたずねた。

「お都美、今日、水遊びをしなかったか」

「水遊びじゃないけど、行水をしたよ」

横になったままお都美がうなずく。

「おっかさんに、たらいに水を張ってもらったの」

「あの、この子に風邪を引かせてはいけないと思って、水だけではなく、お湯もたくさん入れたのですが……」

申し訳なさそうに母親がいった。母親を見て、仁平はにこりとした。

「お湯を入れるとは、それはよいことをしたな。だが、その行水で腹が冷えて、しくしくした痛みにつながっているようだ。なに、大したことはない。すぐに治るゆえ、安心してよい」

「は、はい、ありがとうございます」

ほっとしたように母親が頭を下げた。

「もともとお都美は、健やかなときの熱が人より低いようだな。その熱をもっと上げるようにするのはなかなか大変だが、できるだけ冷たい物をとらぬようにしたほうがよい。行水もできたら控えたほうがよいな。体が温まる物を与えることが肝心だ」

「はい、よくわかりました」

神妙な顔で母親が合点した。

「今から薬を煎じる。冷めたらお都美に飲ませるが、よいかな」

「もちろんです」

お都美の母親から目を離して、仁平はお芳に顔を向けた。

「お芳、和泉屋に行って、いくつか薬種をもらってきてくれ」

「わかりました。仁平先生、なにを持ってきましょう」

かしこまってお芳が仁平にきく。

「羽成《はんり》、漠文相《ばくぶんそう》、塔久利《とうくり》、万極《ばんきよく》、削厄《さくやく》、医恭《いきよう》、暮蘭香《ぼらんこう》だ。覚えたか」

お芳が、仁平が口にした薬種をすらすらと復唱してみせた。

――ふむ、なかなかやるではないか。

心中で仁平はお芳を褒めた。

「いずれも少量でよい。お都美はまだ子供ゆえ、あまり飲ませるわけにはいかぬ」

「承知いたしました。では、すぐに取ってまいります」

勢いよく立ち上がったお芳が腰高障子を開け、部屋を出ていった。

「お都美、もう起きてもらってよいぞ」

「はーい」

弾むような声を出して、お都美が上体を起こした。布団の上に端座する。

「ねえ、おっかさん、おなかがあまり痛くなくなってきたよ」

「薬が飲みたくなくて、そんなことをいっているんじゃないの」

「ううん、そんなことはないよ。あたし、薬を飲むの、嫌いじゃないもの。さっき先生に触ってもらったら、痛くなくなってきたの。不思議だね」

「えっ、そうなの。本当に不思議ね」

そのとき仁平は、部屋に置いてある火鉢の炭に火をつけようと試みていた。少し苦労したものの、やがて炭が熾《お》きはじめた。

面を上げて仁平は母娘に目を当てた。

「悪いところに手を当てて治そうとしたゆえ、治療のことを手当と呼ぶようになったと聞いている。もっとも、俺に手を当てるだけで病を治せるような力はないが、お都美の痛みが治まってきたのはよいことだ」

よっこらしょ、と気合をつけるようにいって、仁平は立ち上がった。

「薬缶《やかん》に水を汲んでくる」

母親とお都美に断って仁平は部屋を出、台所に向かった。

台所の三和土に置かれた瓶に、水がたっぷりと張られていた。薬缶も、壁際に置かれた棚にあった。仁平は柄杓を使って、薬缶に水を注ぎ入れた。

——うむ、このくらいでよかろう。

薬缶に半分ほど水を入れたところで瓶に蓋をし、柄杓をその上にのせた。鍋敷きも見つけた仁平は、少し重くなった薬缶を持って診療部屋に戻った。

見ると、火鉢の中の炭は赤々としてきていた。火鉢の上に薬缶を置いた仁平は座り、お都美の母親に眼差しを注いだ。

「おぬしの名を聞いてよいか」

「はい、紀和《きわ》と申します」

よろしくお願いいたしますというように、お紀和が深く頭を下げた。

「お紀和さんか。この町内に住んでいるのか」

「さようです。こちらから、ほんの半町のところで暮らしております」

「ならば、目と鼻の先といってよいな」

「はい、長屋暮らしですが……。あの、先生はこちらで医療所をはじめられるのですか」

「いや、そういうことではないのだ」

なにゆえここで暮らすことになったのか、仁平は簡潔に説明した。

「えっ、先生はつい先日まで人足寄場にいらしたのですか」

目を丸くしてお紀和がいった。

「そうだ。俺は無宿人だった」

「和泉屋の和助さんの治療に当たられるということですが、つまり以前は腕のよいお医者さんだったのですね」

「腕がよいかどうかは別にして、医者だったのはまちがいない」

「それがなぜ人足寄場へ行かれたのですか」

興味津々という顔で、お紀和がきいてきた。

「賭場にいて手入れがあり、そのときに捕まったからだが、おぬしはなにゆえ俺が無宿人になったのかというわけを、知りたいのであろうな」

「ええ、さようです」

お紀和を見て仁平はにこりとした。

「それは秘密だ」

「残念です」

天井を仰ぎ、お紀和が嘆くようにいった。

「ざんねーん」

すかさずお都美がお紀和に和した。そのとき、お芳が家に戻ってきた気配が仁平に伝わってきた。

「お待たせしました。仁平先生、持ってきました」

部屋に入ってきたお芳が、手にしていた風呂敷《ふろしき》を畳に広げた。そこには、いくつもの紙包みが入っていた。

「仁平先生がおっしゃった薬種は、すべて揃っています」

紙包みには一つずつ、それぞれの薬種の名が記されていた。

湯が沸いたところで薬缶の蓋を開け、仁平は薬種をすべて投入した。煮こぼれるようなことはなく、薬缶の中で湯はぐつぐつと音を立て続けた。

やがて部屋の中は、蜂蜜を思わせる薬湯の甘いにおいで満たされた。仁平は薬缶を火鉢から下ろし、鍋敷きの上に置いた。

蓋を取り、中をのぞく。湯は茶色というよりむしろ黒みを帯び、どこか粘り気を感じさせるものに変わっていた。

この粘り気が肝心なのだ。

「よし、できた」

仁平は薬缶に再び蓋をした。

「仁平先生、茶碗を持ってきます」

「頼む」

立ち上がり、お芳が部屋を出ていった。

――しかし、なにも揃っておらぬゆえ、一つ一つが大変だ……。

そんなことを仁平が考えていると、お芳が戻ってきた。どうぞ、といって、きれいに洗ってある湯飲みを仁平に手渡してくる。

湯飲みを受け取った仁平は座り直した。

「このまま薬湯が冷めるのを、しばし待たなければならぬ。熱いのを、お都美に飲ませるわけにはいかぬゆえな」

「ありがとう、先生」

にこやかにお都美がいった。

「いや、別に礼をいわれるほどのことではないな」

「でも、あたしが火傷《やけど》しないようにって、先生は考えたんでしょ」

「もちろんだ」

「それは気遣いっていうんだよ。気遣いを受けたらお礼をいわなきゃいけないって、おっかさんが教えてくれたんだよ。ねえ、おっかさん」

「え、ええ」

お都美を見てお紀和がうなずいている。

「それはよい教えだな」

お紀和を見て仁平はいった。

「ありがとうございます」

顔をほころばせてお紀和がこうべを垂れた。

「よし、そろそろもういいかな」

薬缶に手を触れ、仁平は熱さを確かめた。

「よかろう」

つぶやいて仁平は薬缶の取っ手を持ち、湯飲みに薬湯を注ぎ入れた。一杯になるまで入れて、薬缶を鍋敷きに戻した。

「よし、お都美、これを飲んでくれ」

仁平が差し出した湯飲みの薬湯を見て、お都美は少し怖そうな顔をしている。

「先生、これは苦いの」

おずおずとお都美がきいてきた。

「いや、苦くはない。においからわかるだろうが、むしろ甘いな」

「甘いのか……」

「俺は、嘘はついておらぬ。お都美、おっかさんに飲ませてもらうか」

ううん、とお都美がかぶりを振った。

「自分で飲む」

「そうか。わかった」

笑みを浮かべて仁平は、湯飲みをお都美に渡した。小さな手が湯飲みを摑《つか》む。

「落とさぬようにな」

お都美は、こわごわと薬湯を見ている。

「おっかさんが飲ませてあげようか」

お都美に顔を近づけて、お紀和が申し出た。

「ううん、本当にいいの。自分で飲むから」

そう、といってお紀和がお都美から少しだけ顔を離した。

「飲むね」

決意したようにいって、お都美が湯飲みを傾ける。こくこくと、子供らしく喉を鳴らして飲んでいく。

あっという間に湯飲みが空になった。

「はい」

笑顔でいって、お都美が空の湯飲みを仁平に手渡してきた。

「偉かったな」

仁平はお都美の頭をなでた。

「先生、本当に甘かったよ」

「だが、おいしくはなかっただろう」

「うん、おいしくなかった」

「だがお都美、これで今日一日、たっぷりと眠れば、腹の痛みは必ず治る」

「先生、本当にありがとうございました」

畳に手をついてお紀和が平身した。

「あの、お代なんですが」

顔を上げてお紀和がいった。

「いらぬ」

はっきりとした口調で仁平は告げた。

「えっ、しかし、そういうわけにはまいりません」

「なに、本当によいのだ。ただでよい」

「しかし先生」

「よいのだ」

「まことによろしいのですか」

「うむ、いらぬ。その代わり、できるだけ和泉屋のことを宣伝してくれぬか。お都美の薬湯に使った薬種は、すべて和泉屋が出してくれたものだ。和泉屋が今よりもずっと儲かるようになれば、俺はそれでよい」

「わかりました」

お紀和が感謝の眼差しでお芳を見る。

「一所懸命に宣伝させていただきます」

「よろしくお願いいたします」

お芳が頭を下げる。お都美を抱いたお紀和が、低頭しながら帰っていった。

それから仁平たちは猛烈に忙しくなった。息つく暇もなく、患者が押し寄せてきたからである。

どうやら、ただで診てもらえることが界隈に一気に広まったようなのだ。

次々に患者を診ては薬湯をつくり、仁平は手当をしていった。薬種や薬草を和泉屋に取りに行くお芳も大変だった。

そして、最後の患者が礼をいって去っていき、仁平とお芳が一息ついたときには、すでに日は暮れていた。

お都美がお紀和に連れられてやってきたのが、昼の九つ半くらいだったはずだ。それから仁平とお芳は六つ半近くになるまで、休むことなく一心に働き続けたのである。

「お芳、疲れたか。よくがんばったな」

手ぬぐいで額の汗を拭いつつ、仁平はねぎらった。

「自分でもよくがんばったと思います」

「こんなに忙しくなってしまい、俺の手伝いをするなどと申し出て、懲りたのではないか」

「そんなことはありません。疲れたといっても、ほんの少しですし」

仁平を見返して、お芳がきっぱりといった。

「むしろ、人生で初めてというくらい、気持ちが満ち足りています」

実は俺も同じだ、と仁平は思った。疲れてはいるものの、充足の思いがある。

なにも考えずにひたすら働くことが、こんなに気持ちがよいものであることを、仁平は久しぶりに思い出したような気分だ。

「仁平先生、夕餉をつくりますね」

疲れているだろうに、健気《けなげ》にお芳がいった。

「いや、よい。やめておけ」

「えっ、なぜですか」

不思議そうにお芳が問うてきた。

「今からつくるとなると、大変だからだ。外になにか食べに行こう。それとも、お芳は和泉屋に帰って夕餉をとるか」

「いえ、私は仁平先生とご一緒したいのですが……」

「お芳は、この界隈で、おいしい物を食べさせる店を知っているか」

「はい、何軒か……」

そうか、と仁平はうなずいた。

「おいしいところなら、どこでもよい。今から食べに行こうではないか。——ああ、いや、駄目だ」

仁平は自分に金がないことを思い出した。

「仁平先生、どうされました」

「いいにくいのだが、俺には金がない」

これまで働いた金が人足寄場からもらえるはずだが、まだ払われてはいないのだ。おそらく牧兵衛が近いうちに持ってきてくれるだろうが、今のところ金が一文も手元にない。

「お金のことでしたら、私に任せてください。夕餉代くらいは持っています」

「しかしな……」

「いいえ、仁平先生。別に遠慮されるような値段ではありませんよ。このあたりは意外に安いですから」

「そうなのか……」

あの、とお芳が仁平にきいてきた。

「先生は、お酒を飲まれますか」

「いや、一滴も飲まぬ。お芳は飲むのか」

「少しですが、飲みます。お酒はなければないで構わないのですが、たまに飲みたいなあと思うときがあります」

「酒は毒水だ。やめておいたほうがよい」

「えっ、毒水ですか」

存外との思いを、お芳が面にあらわす。

「ああ、毒水だ。酒を飲み続ければ、人は必ずおかしくなっていく。脳が冒され、魂が錯乱していくからだ」

「魂が錯乱……」

「そうだ」

「仁平先生は、これまでお酒を飲まれたことがないのですか」

「いや、そのようなことはない。浴びるように飲んでいたときもある」

「でも、おやめになったのですね。お酒をやめるきっかけがなにかあったのですか」

「うむ、あった」

「どのようなことですか。あっ、仁平先生、うかがってもよろしいですか」

「残念ながら、答えられぬ」

かぶりを振った仁平は立ち上がった。

「よし、お芳、まいろう」

「は、はい、わかりました」

仁平たちは連れ立って家を出た。外はすっかり暗くなっている。

「いま提灯をつけますね」

軒下でお芳がいい、手際よく提灯に火を入れた。

「仁平先生、まいりましょう」

お芳が提灯を持って、歩きはじめた。仁平はそのあとに続いた。

一町ほどを歩いてお芳が案内してくれたのは、碁飯屋という店だった。どうやら一膳飯屋のようだ。

「ごはんや、というのか。ずいぶん珍しい名だな……」

看板を見て仁平はお芳にいった。

「ここの主人が碁とご飯が好きで、こういう名にしたそうです」

縄暖簾をくぐり、仁平たちはあまり広いとはいえない店に入った。

店内は客でほとんど一杯だったが、幸い、小上がりが一つ空いていた。仁平たちはそこに座った。

「仁平先生、適当に頼んでよろしいですか」

「ああ、頼む」

「たくさん頼みますね」

顔見知りの小女にお芳が、煮魚と焼魚、湯豆腐に葱鮪《ねぎまぐろ》、刺身の盛り合わせ、茹《ゆ》で蛸《だこ》に飯を頼んだ。

てきた物はどれも美味だった。

「そんなに食べられるのか」

驚いて仁平はお芳にきいた。

「みんなおいしいから、お芳にきいた。

実際のところ、お芳が連れてきてくれた店だけのことはあって、仁平の前に運ばれてきた物はどれも美味だった。

「お芳、酒が飲みたかろう。少しなら、飲んでも構わぬぞ」

「いえ、私も今日からお酒はやめます」

ここが酒を売る店であることはお芳も心得ているようで、周りの誰にも聞こえないように小声でいった。

「魂が錯乱するような物は、体に入れたくありませんから……」

「そうか」

仁平たちは碁飯屋には半刻ばかりいた。お芳がいう通り、注文した物は次々に仁平たちの胃《い》の腑《ふ》におさまっていった。

碁飯屋の勘定はお芳が払った。全部で百二十文ほどだった。

決して安いといえないような気がしたが、今日のところはお芳の馳走《ちそう》になっておくしか、仁平に手立てはなかった。

——人足寄場から金が入ったら、お芳におごってやろう。

心密《ひそ》かに仁平は決意した。

「よし、お芳、帰るとするか」

「はい、わかりました」

「よし、店まで送っていこう。和助のことも気になるし……」

碁飯屋をあとにした仁平は、お芳とともに和泉屋に向かった。

仁平たちは和泉屋の表側にやってきた。

「お芳、裏からでなくてよいのか。店のほうは、もうすっかり戸締まりがされているではないか」

強盗などに押し入られないように、がっちりと戸が閉まっていた。

「こちらのほうがよいのです。裏口は中から閂が下りておりまして、それを開けてもらうために人を呼んでも、なかなか来てくれないものですから……」

「ああ、そうなのか。こっちはすぐに開けてもらえるのか」

「はい、番の者がおりますから」

「番の者が……」

「はい。急患などで夜でも薬種を求めに来るお医者がいらっしゃるもので……。番をしているのは四つ（午後十時）までですが」

臆病窓の前に立ち、お芳がくぐり戸を叩く。

「どちらさまですか」

すぐさま臆病窓が開き、中から二つの目がこちらをのぞき込んできた。

「定吉、私よ」

定吉といえば、と仁平は思い出した。今朝、店先を箒で掃いていた丁稚ではないか。

「ああ、お嬢さま。今お帰りですか。すぐに開けます」

臆病窓が音を立てて閉まり、その直後、くぐり戸が開いた。

仁平たちは和泉屋の中に入り、廊下を進んで和助の寝所に向かった。

和助の寝所の前で立ち止まったお芳が、音を立てないように腰高障子を開ける。

部屋には行灯が灯り、和助は上体を起こしてなにか書物を読んでいた。

「あっ、お姉さん。先生」

仁平たちに気づいて和助が書物を閉じる。

「和助、寝ていなきゃ駄目じゃない」

お芳が強めの口調で注意する。

「いや、もうさすがに眠れないんだよ。体が軽くなって横になっているのも、飽きてしまったし」

そうだろうな、と思って仁平は和助のそばに座した。行灯を近づけて、和助の顔をじっと見る。

うむ、と仁平は顎を引いた。

「顔色はますますよくなってきているな」

「本当ですか」

うれしそうに和助がほほえむ。

「ああ、本当だ。俺がいった通り、今もしっかりと薬湯を飲んでいるようだな」

「はい、日に五度は飲んでいます」

「和助どの、薬湯の味に飽きたのではないか」

「はい、さすがに……」

苦笑まじりに和助が答えた。

「しかし、和助どのは、まちがいなく元気を取り戻しつつある。これなら、本復も間近であろう」

「これも先生のおかげです。先生がいらしてくれなかったら、手前はいったいどうなっていたか……」

家人たちが過ごす奥にいたらしい和兵衛と高江も、仁平たちの声に気づいたようで、和助の寝所にやってきた。

「仁平先生、よくいらしてくださいました」

頭を下げ、和兵衛が仁平に礼を述べた。

「それで、お芳はいかがでしたか。お役に立ちましたか」

一瞬、もしお芳どのがいなかったら、といいかけて仁平はとどまった。二親の前で娘を呼び捨てにするのはどうかとも思ったが、ままよ、と決断した。

これから、お芳とお芳どのを使い分けるのも面倒だ。

「もしお芳がいなかったら、大変なことになっていたであろう。まさに大波が押し寄せるかのような勢いで、患者がやってきたからな。お芳がいてくれて、まことに助かった」

「そんなに大勢の患者が来たのですか」

目を大きく見開いて、高江が問うてきた。

「おっかさん、本当にすごかったのよ」

どこか誇らしげな顔でお芳が告げた。

「そう。明日も同じなのかしら」

首をひねって高江がいう。

「きっと同じよ」

「あなた一人で、仁平先生のお手伝いが続けられるの」

「大丈夫よ」

胸を叩くようにお芳が請け合った。

――もっと増えたら、どうなるのだろう。

さすがに仁平には不安がないわけではない。

――だが、きっとなんとかなろう。

その後、和兵衛たちの見送りを受けて、仁平は和泉屋をあとにした。

和兵衛が、誰か供をおつけしましょう、といったが、すぐ近くだからといって断った。仁平はお芳から提灯を借りて夜道を歩いた。

提灯の淡い光を見つめていたら、不意に、「今永《こんえい》」と呼ぶ声が聞こえた。

はっ、として仁平は足を止めた。日本橋ということであたりに人通りはまだまだ多い。酔客も少なくない。

――今の声は……。

勝太郎《かったろう》のものにしか思えなかった。

――あの世から俺を呼んでおられるのか。きっとうらみに思っておられるのだろうな。

それも仕方あるまい、と仁平は思った。

――ああ、酒が飲みたい……。

仁平は飢えるようにして思った。喉をかきむしりたい。

酒のにおいが鼻先をかすめていく。そのにおいを追って顔を向けると、赤提灯が目に飛び込んできた。

ふらふらと足がそちらに向きそうになる。金はないが、付けで飲めるのではないか。

――いや、いかぬ。

全身で踏ん張るようにして、仁平はおのれを制した。重い両足に力を込め、家に向かって歩き出す。

なんとか家に着いた。戸を開け、三和土に入る。

音を立てて戸を閉めると、鼻先から酒のにおいが消えた。

ほっとして部屋に上がり、仁平は畳に横たわって腕枕をした。

畳は冷たかったが、それが今はむしろありがたかった。

――若殿……。

心で呼びかけて、仁平は目を閉じた。それと同時にまぶたの堰《せき》を切って涙があふれ、頬を伝っていった。

第四章

一

ようやく無人になった医療部屋を見渡して、お芳が小さく笑った。

「今日も終わりましたね……」

さすがのお芳も、疲れの色が隠せないでいるようだ。

「ああ、終わったな」

首筋の汗を手ぬぐいで拭いて、仁平もほっと息をついた。

「看板など掲げていないのに、毎日毎日、大勢の患者がいらっしゃるなんて……。評判が評判を呼んで、ということらしいですよ」

顔を上気させてお芳がいう。

「やはり、ただというのが最も大きいのだろうが……」

「いえ、それだけではありません」

仁平を見つめて、お芳が断言する。

「仁平先生の腕の確かさこそが、取り沙汰されているみたいです」

「俺の腕か……」

「だって、ほかのお医者が見放した和助を、仁平先生はあっという間に快方に向かわせたのですよ」

「前にもいったが、和助どのは薬が合ったのが特によかったのだ」

お芳に向かって仁平はいった。

「その薬を配合されたのは、仁平先生です。ほかの誰でもありません」

「確かにその通りなのだが……」

「うちのおとっつぁんは、和助の病が治ってきたのがうれしくて、仁平先生のことを声高に言いふらしているみたいですよ。そのためでもないのでしょうけど、重篤のご病人が遠方から駕籠《かご》に乗ってきたり、戸板で運ばれてきたり、しきりに訪れるようになりましたね」

「遠方からの患者は金持ちが多いようだな」

はい、とお芳がいった。

「そういうお金持ちは、ありがたいことに治療代をしっかりと払ってくださいますから、まちがいなく仁平先生の腕の素晴らしさを当てにして、ここにいらっしゃるのですよ」

確かにそうかもしれぬ、と仁平は思った。

「しかしお芳。病を治す仕事に携わるのは誇らしいことだが、このままでは俺たちはまいってしまいかねぬ……」

仁平がいうと、えっ、とお芳が驚き、すぐに申し訳なさそうな顔になった。

「仁平先生は、それほどお疲れだったのですね。気づかなくて済みません」

「お芳が謝るようなことではない。だが、疲れが沼底の泥のようにたまってきているのは事実だ。お芳はどうだ」

「正直にいえば、私も疲れています」

やはりそうか、と仁平はいった。

「俺たちは、どこかで休みを取らなければならぬ。働き詰めではいかぬ。心も体も休めなければ……」

言葉を切って仁平は少し間を置いた。

「お芳は、休みを取りたくないか」

「連日働いてきて、さすがに取りたいと思っています。このままだと、仁平先生が倒れてしまうかもしれませんし。それだけは、なんとしても避けなければなりません」

仁平を見つめて、お芳が力説した。よし、と仁平はすぐさま心を決めた。

「お芳、あさっては休むことにしよう。明日を休みにするのは、今からではさすがに無理だろうからな」

前触れもなく急に明日を休みにしたら、朝から押し寄せてくるはずの患者たちは、途方に暮れてしまうだろう。

「あさってを休みにする旨を記した紙を、目につくところに何枚か張っておけば、あさっての朝、患者が押し寄せるようなことには、まずならぬだろう」

「さようですね」

即座にお芳が同意してみせる。

「承知いたしました。今から張り紙をつくります」

「今からか。だがお芳、疲れているだろう。つくるのは、明朝でもよくないか」

「今のうちにつくっておいたほうが、楽なような気がするのです」

「ならば、俺も手伝おう」

「いえ、仁平先生は休んでいてください。そのようなことをされずとも、けっこうです」

「是非ともやりたいのだ。それに、二人でやったほうが早く終わるしな。早く終わらせて、夕餉を食べに行こうではないか」

「夕餉ですか。ああ、ほんと、おなかが空きましたね」

華やいだ笑顔になって、お芳がうなずいた。

しばらくのあいだ、二人は張り紙づくりに精を出した。

全部で四枚の張り紙をつくり、待合部屋の壁に二枚、医療部屋に一枚、そして戸口にも一枚、張った。

「これでよし」

しっかりと貼られた張り紙を見て、お芳が男のような口調でいった。

その後、仁平はお芳と連れ立って碁飯屋に食事をとりに行った。

明くる朝の六つ前に目を覚ました仁平は厠に行き、顔を洗い、歯磨きをした。そののち、お芳がやってくるまでのあいだ、薬棚の整理をした。

医療部屋にしつらえられた薬棚は、和泉屋からの贈り物である。

薬種問屋でも使えそうな立派な代物で、これが据えられたおかげで、お芳がわざわざ和泉屋へ薬種や薬草を取りに行く必要がなくなった。その上、新しい薬研も持ってきてくれた。

——しかし、和泉屋はよくここまで援助してくれるものだ……。

仁平には感謝しかない。

ふと戸口のほうで、お芳がやってきたらしい気配がした。

——ああ、来たようだな。しかし、腹が減ったな……。

「仁平先生っ」

いきなり、朝のしじまを破るお芳の叫び声が聞こえ、廊下を駆けてくる足音が仁平の耳に飛び込んできた。

——なにがあった。

素早く立ち上がった仁平は、腰高障子に歩み寄った。

仁平が開けようとする寸前、腰高障子に影が映り込んだ。仁平の眼前で、腰高障子が音を立てて滑っていく。

「仁平先生っ」

敷居際に立つ仁平を見て、お芳が甲高い声を上げた。

すぐさま仁平は、血相を変えているお芳にただした。

「お芳、どうした」

「仁平先生、来てくださいますか」

真剣な表情で、お芳が頼んできた。

「わかった」

大股に医療部屋を出て、仁平はお芳とともに廊下を駆けるように歩いた。

戸口から外に出たお芳は枝折戸のほうには行かず、こぢんまりとした庭のほうに足を向けた。

「これです」

生垣のそばで立ち止まったお芳が、地面を指し示す。

「あっ」

お芳が指した物を見て、仁平は言葉を失った。そこには、一匹の犬の死骸が横たわっていたのだ。

「医療部屋に飾ろうと思って、花を摘みに庭に来たのですが……」

犬の死骸を見つめるお芳は悲しそうだ。

少し歩いて仁平は、生垣の向こう側を走っている小道をのぞき込んだ。

「何者かがそこの小道から、この生垣越しに投げ込んだようだな」

仁平は何度か首を左右に振った。

「ひどい真似をする輩《やから》がいるものだ……」

――どんな精神の造りをしていると、こんな道理に外れた、むごい真似ができるのか。

「その何者かは、なんのために犬の骸《むくろ》を庭に投げ込んだのだろう」

腕組みをして仁平はつぶやいた。しゃがみ込み、犬の死骸をじっと見る。

「喉を裂かれているな」

「ええっ」

悲痛な声を発したお芳に、顔を上げて仁平は目を当てた。

「生きた犬を刃物で切り裂いて殺したのは、まずまちがいない」

「そして、この犬をここに投げ込んだというのですか。ひどい……」

立ちすくんだお芳は、全身をわななかせている。その怒りの強さが、仁平に、はっきりと伝わってきた。

「この犬の骸からは悪意しか感じられぬ……」

眉根を寄せ、仁平は奥歯を噛み締めた。

――いったい誰の仕業なのか。

わからぬ、と仁平は思った。

――俺にうらみを持つ者か。しかし、そんな者がいるのだろうか。

仁平はこの家にやってきて、まだ十日ほどしかたっていないのだ。その間に、誰かのうらみを買ったということか。

――ふむ、心当たりがないな。

拙劣な処置をして、患者を死なせたということもない。この医療所に来た者すべてに喜んでもらえるような治療を施しているつもりである。

「仁平先生、この犬の骸をどうしますか」

泣きそうな顔で、お芳がきいてきた。

「葬ってやろう。お芳、この庭に埋めてやってよいか」

「はい。私もそうしてやろうと思っていました。このかわいそうな犬にとって、それが一番の供養のような気がします」

うむ、と仁平はうなずいた。

「お芳、この家に鍬《くわ》と鋤《すき》はあるか」

「確かあるはずです。おじいちゃんが、前にここに畑をつくっていたので……。用具入れの中を探してみます」

「頼む」

用具入れは台所のすぐ外に建つ、ちっぽけな小屋だ。仁平は、まだ一度も中を見たことがなく、なにが入っているか、まったく知らない。

鍬と鋤を手にして、お芳が戻ってきた。

「まずは鍬を貸してくれ」

お芳から鍬を受け取った仁平は、どのあたりに穴を掘るか、見定めた。

庭には盛大に葉を茂らせた一本の大木が立ち、その根元がよいような気がした。

「お芳、この欅《けやき》のそばでよいか」

欅を見上げて、仁平はお芳に許しを求めた。

「はい、よいと思います」

「では、掘るぞ」

両足を踏ん張って鋤を振り上げるや、仁平は一気に振り下ろした。ずん、と鍬が地面にめり込む。全身に力を込めて、鍬で土をめくり上げた。

それを何度も繰り返し、土が軟らかくなったところで、仁平は鋤を手にした。

鋤を用い、軟らかくなった土をすくい上げていく。

やがて、差し渡し二尺ほど、深さ一尺半ほどの穴ができた。

「このくらいでよいな」

さすがに汗ばんできており、息も荒くなっているが、さしたる疲れを見せることなく仁平は犬の死骸を抱き上げ、できあがったばかりの穴の中にそっと入れた。

——かわいそうに。おまえも死にたくなかっただろうに……。

俺のせいで殺されたのだろうか、と仁平は自問した。

——やはり俺にうらみを持つ者が、おまえを殺したのか。そうかもしれぬ。まことに済まなかったな、俺のせいで死ぬことになってしまい……。

何者の仕業かさっぱりわからないが、もし次に同じような真似をしたら、それが誰であろうと、容赦ない仕置きをしてやる、と仁平は心に決めた。

再び鋤を使い、土を静かに犬の死骸にかけていく。

しばらくすると、犬の姿が土で見えなくなった。

お芳が懐から線香を取り出し、犬が葬られた場所に線香を立てた。火打石と火打金を使い、線香に火をつける。

——用意がいいな。さすがお芳だ。

線香をあらかじめ持ってきているなど、このあたりは、娘らしい心遣いといってよいだろう。

──ここが名も知らぬあの犬の墓だ。

線香から上がった煙が、風に吹かれてゆったりと揺れ、薄まっていく。

その様子をじっと見ながら、お芳が口を開いた。

「仁平先生、このことを見矢木さまにお知らせせずともよろしいでしょうか」

「死んだ犬には申し訳ないが、殺されたのは人ではない。知らされても、見矢木どのは当惑するだけではないか……」

「そうかもしれません」

残念そうにお芳がうなだれる。

「もし次に同じようなことがあったら、見矢木どのに必ず相談することにしよう」

仁平を見つめてお芳が、はい、と深くうなずいた。

二

目を覚ましたとき仁平は、今日は休みだな、と改めて思った。

──いつものように、すぐに起き出さずともよいのだ……。

寝床でぐずぐずしているのは、子供の頃は特に好きだった。

それにもかかわらず、無駄に寝床で過ごすようなことがなくなったのは、いつからだっただろうか。

――覚えがないな……。

今日、医療所は休みにしたが、それでもお芳は、仁平の身の回りの世話をするために、いつもと変わらずにこの家に来るといっていた。医療所のお手伝いだけが私の仕事ではないのです、といって昨日、帰っていったのである。

和泉屋で一日ゆっくりして疲れをしっかり取るのだと、仁平は言い聞かせたが、駄目です、といってお芳は聞き入れなかった。

今の刻限は、と仁平は天井を見つめつつ考えた。明け六つになったかどうかという頃合いであろう。

すると、ちょうど鐘の音が響きはじめ、寝床に横になったまま、仁平はその音を聞いた。最初に捨て鐘が三つ打たれ、その後、六度にわたって鐘が打たれた。

――よし、起きるとするか。

気合を入れて仁平は起き上がった。春も深まり、朝はもうほとんど寒さは感じない。

――よい時季になったものだ。

すっくと立ち上がった仁平は居間にしている六畳間を出て、厠に向かった。

用足しをし、手水鉢《ちょうずばち》で手を洗った。顔も洗い、歯も磨く。

さっぱりしたところで居間に戻り、寝間着を脱いだ。藍色の小袖に着替えた途端、空腹を覚えた。

お芳に早く来てほしいものだな、と仁平は畳に座して思った。

――まったく人というのは現金なものだ。

その直後、戸口のほうで人の気配がした。

――ああ、噂《うわさ》をすれば影が差すというが、まことに来てくれたようだ。

うれしくなった仁平がそちらに顔を向けた瞬間、不意に悲鳴のような声が庭のほうから聞こえてきた。

――どうしたというのだ。まさか、また犬の骸が投げ込まれたのではあるまいな。

仁平は立ち上がり、戸口に向かって廊下を走った。戸口から庭に出る。

生垣のそばに、お芳が立っていた。いかにも呆然とした風情で、うなだれている。

「どうした、お芳」

あっ、と口を動かして仁平を見、お芳が地面を指さす。

そばに寄った仁平は、お芳の指が向いている場所に目をやった。

「むっ」

我知らず、うめき声が口から漏れた。

「またか……」

ふう、と仁平は深く息をついた。

「今度は猫です」

昨日の犬とほぼ同じ位置に、猫の死骸が横たわっていたのだ。猫は腹を切り裂かれたようで、はらわたがどろりと出ていた。

——なんとむごいことを……。

深夜、生垣の向こうの道に何者かがやってきて、こうした残忍な振る舞いに及んでいるのはまちがいないようだ。

——いったい誰が……。

仁平は、ぎゅっと奥歯を嚙み締めた。相変わらず心当たりはない。

「仁平先生、これは嫌がらせでしょうか」

無念そうに眉間にしわを盛り上がらせて、お芳がいった。

「嫌がらせか。確かに、そうとしか思えぬ」

すぐさま仁平は同意した。

「それにしても、いったい誰が嫌がらせをしているのでしょう」

首をかしげてお芳が疑問を呈したが、間を置くことなく自分で答えた。

「最も考えやすいのは、やはり同業の妬みでしょうか」

同業か、と仁平は思案した。

「つまりお芳は、患者を俺に奪われた者の仕業だといいたいのか」

「さようです」

大きくうなずいたお芳が、断固たる口調でいった。

「この医療所に大勢の患者が押し寄せているということは、ほかのお医者から移ってきた人がたくさんいるのでしょう。患者がほとんど来なくなった医療所もあるかもしれません」

「その通りかもしれぬ……」

下を向き、仁平は沈思した。

――同業のひがみ、妬みが、この馬鹿げた所業を行わせているのか。医者の妬みほど、ひどいものはこの世にないからな。十分にあり得る……。

そのことを、仁平は身をもって知っている。

——だが、このようなことになるかもしれぬことを、俺はまったく頭に入れておらなんだ。入れておくべきだったたな……。

ただで患者を診るような真似をすれば、ほかの医者の利を奪うことになり、こういうひずみが必ず出てくるものなのだ。

だからといって、犬や猫を殺し、それを他人の庭に投げ入れるという、粗暴で荒々しい真似が許されるはずがない。

顔を上げ、仁平はお芳に目を当てた。

「この猫を、このままにしておくのは忍びない。まずは葬ってやることにしよう」

「わかりました」

また鍬と鋤を使って穴を掘り、仁平は犬の墓の隣に猫も葬った。

——かわいそうに……。

合掌して仁平は目を閉じた。

——猫が死んだのも俺のせいだ……。

さすがに暗澹《あんたん》たる気持ちになる。

火打石と火打金の音がし、目を開けると、猫の墓にまたお芳が、火をつけた線香を立てていた。

「成仏してね……」

両手を合わせてお芳がつぶやく。線香の煙が仁平の鼻先をくすぐるように漂っていく。

——必ず仇《かたき》は討ってやる。

猫の墓に向かって、仁平は誓った。お芳に顔を向けて呼びかける。

「この近くに町医者はいるか」

はい、とお芳が首を縦に振った。

「何人かいらっしゃいます」

「その中で、このようなことをやりそうな医者はいるか」

「さあ、どうでしょう……」

途方に暮れたような難しい顔をして、お芳が首をひねる。

「私にはわかりません」

そうか、といって仁平は別の問いをお芳に投げた。

「この近くの医者たちは、和泉屋から薬種や薬草を買い求めているか」

「いえ、それがそうでもありません」

仁平に眼差しを注いで、お芳が否定する。

「仁平先生はおわかりでしょうが、うちは信用できる品物しか置いてありません。いずれも吟味を重ねた品物ですので、よその薬種問屋より、値がだいぶ高くなっています。それを嫌って、うちのお得意さまでないお医者は、この界隈ではかなりいらっしゃいます」

その言葉を聞いて、仁平は合点がいった。

——だから和泉屋は、俺がただで患者の治療をすることを、止めようとはしなかったのだな。

和兵衛は、仁平が近辺の医者の患者を奪うであろうとわかっていたにちがいないが、そのことが和泉屋の商売に影響を与えることはほとんどないと、判断したのだろう。

——俺がよその医者の患者を取り、そのことで近隣の医者が潰れようと、和泉屋となにも関係ない以上、構わぬと思ったのか……。

そうかもしれない。やはり江戸は厳しいな、と仁平は感じた。生き馬の目を抜くといわれるのも、わかるような気がする。

まさに弱肉強食といってよいのだ。江戸においては、弱い者は強い者に食われ、容赦なく淘汰《とうた》されていくのであろう。

「お芳は、この界隈の医者にかかったことはあるのか」

真剣な目を当てて仁平はお芳にきいた。

「いえ、ほとんどありません。風邪を引いて寝込んだりしたら、必ず御典医のような立派なお医者がうちに往診にいらしてくださいましたから……」

「ならば、この界隈で悪い噂を聞いたことがある医者はおらぬか」

「悪い噂ですか……」

下を向き、お芳が考え込む。

「一人だけですが、お金にひどく汚いという噂を耳にしたことがあります」

金か、と仁平は思った。だいたいの医者は金に汚い。金にきれいな医者など、滅多にいるものではない。悪評が人の口に上るくらいだから、その医者はこの界隈でも、特に金に汚いのではないか。

「なんという医者だ」

仁平がたずねると、間髪を容れずにお芳が答えた。

「賢腎《けんじん》先生とおっしゃいます」

「お芳は、賢腎さんの人柄を知っているか」

「賢腎先生の医療所にも行ったことがないので、ほとんど知りません。でも――」

ほかには誰もいないのに、あたりをはばかるようにお芳が声を低めた。

「医療代を滞らせると、まるで高利貸しのように、有無をいわさず取り立てていくという話です」

高利貸しのような取り立てを行うとは、と仁平は思った。それはまた、すごい医者がいたものだ。

「医者としての腕は」

「よいとはいえないようです」

まちがいなく藪なのであろうな、と仁平は思った。腕がよければ、代金が少々高かろうと患者はいくらでも詰めかけ、高利貸しのような取り立てをせずとも、やっていけるはずなのだ。

「犬と猫の骸をここに投げ込んだのは、賢腎先生なのでしょうか」

息巻くようにお芳がいった。両目がつり上がり、このまま賢腎の医療所に、怒鳴り込んでいきかねない顔つきをしている。

「まだそうと決められぬ」

お芳に釘《くぎ》を刺すように仁平はいった。

「証拠がなにもない。ゆえにお芳、賢腎どのの医療所に乗り込んでやろうなどと考えてはならぬ」

「はい、わかりました」

殊勝な顔でお芳が答えた。

――しかし、このようなことが朝っぱらから起きるとは、せっかくの休みが台無しだな。

「仁平先生、見矢木さまにこのことを知らせたほうがよいのではありませんか」

うむ、といって仁平は面を上げた。

「今日こそは、知らせることにいたそう。さすがに看過できぬ」

「では、今から私は自身番に行ってきます。そうすれば、自身番に詰めている人が、御番所に知らせに走ってくれるはずですから」

「いや、お芳だけには行かせられぬ。俺も一緒に行く」

「えっ、仁平先生も……」

お芳がいかにも意外だという顔になった。

「でも、自身番はすぐそこですよ」

「いや、犬や猫の死骸を人の家の庭に投げ込むような輩が、今もこのあたりをうろついているかもしれぬ。自身番がすぐ近くだからといって、おぬしのような若い娘を一人で行かせるわけにはいかぬ」

「仁平先生、ありがとうございます」

その場で跳び上がらんばかりに、お芳が喜んだ。

「私の身を案じてくださるのですね。ああ、なんてうれしい」

――こんなにうれしがってくれるとは、まことに素直でよい娘だ。

「ではお芳、まいろう」

笑みを浮かべて仁平はお芳をいざなった。

「承知いたしました。自身番から戻ってきたら、朝餉の支度をしますね」

「ああ、頼む」

先ほど猫の死骸を目の当たりにしたばかりではあるが、仁平は空腹が募ってきていた。

――なにが起きようと、とにかく食わねば力が湧いてこぬ。

体に力がないと、なにもできない。食べることは、人としての基本である。

「では、自身番にご案内します」

仁平に断って、お芳が歩き出した。すぐ後ろに仁平は続いた。

三

一日中、書見をしていた。

どこにも出かけず、おとなしくしていれば、一緒に家にいるお芳が、体を休められるのではないかと思ったからだ。

お芳に朝餉と昼餉をつくってもらって食べた以外、仁平は奥の間を出なかった。ひたすら書見に励んでいた。

今日読んでいたのは『日塔仙羽《にっとうせんば》』といい、鎌倉に幕府が置かれていた頃の書である。それをのちの世に、誰かが書き写したものらしい。

山野に自生する草花について詳しく書いており、著者は宮部沖名という。これを、みやべおきな、と読ませるのか、それとも、みやべちゅうめい、なのか、それすらもわからない。とにかく、仁平のまったく知らない人物だった。

書かれていることも、仁平がこれまで知らないことが多くあり、とても勉強になった。

「仁平先生、お茶をお持ちいたしました」

ふと、横から声がした。見ると、開け放してある腰高障子の敷居際に、お芳が膝をついていた。

「ああ、済まぬ」

仁平はお芳に微笑を向けた。失礼いたします、といって敷居を越え、お芳が部屋に入ってきた。仁平の横の畳に茶托を置き、その上に湯飲みをのせる。

「かたじけない」

湯飲みを手に取り、仁平はさっそく茶をすすった。あまり熱くは淹《い》れられていない。

「うむ、うまい」

心地よい甘みと渋み、苦みが喉をくぐり抜けていく。

「それはようございました」

お芳は仁平の横にちょこんと座っている。

「仁平先生、おなかのほうはいかがですか」

「おなかというのは、空腹かどうかをきいているのか」

「さようです」

「いわれてみれば……」

首をかしげて仁平は腹に手を触れた。

「空いてきているな。何刻頃だろう」

「じき暮れ六つだと思います」

「えっ、もうそんなになるのか」

やけに時がたつのが早いのは、よほど書見に心を奪われていたからであろう。仁平は、外に面している腰高障子に目を投げた。

お芳がいう通り、日暮れが間近に迫っているらしく、腰高障子の向こうは薄暗くなってきていた。

「あの、夕餉なのですが、外に食べに行ってもよろしいですか。仁平先生をお連れしたいお店があるのです」

「それはどこにある店だ。近所か」

「少しだけ歩きます。五町ほどでしょうか」

「五町なら、なんということもない。その店はなんというのだ」

「坂之上《さかのうえ》といいます。海鮮を食べさせてくれるお店です」

「お芳が誘ってくるのだから、さぞおいしいのであろうな」

「それはもう絶品です。私が請け合います」

「なるほど、素晴らしい店のようだな」

「仁平先生、行かれますか」

「うむ、まいろう」

「ああ、うれしい」

両手を合わせてお芳が破顔した。相変わらずかわいいな、とお芳を見て仁平は思った。

他出の支度を終えるや家を出て、仁平たちは坂之上に向かった。

暗くなりつつある道を歩き出してしばらくしたとき、仁平は誰かに見られているような気がした。これは、と思い、少し体が硬くなった。

――もしや、犬や猫の骸を投げ込んだ者が見ているのではないか。

お芳の後ろを歩きながら仁平は振り返り、誰がこちらを見つめているのか、確かめようとした。

しかし黄昏《たそがれ》時ということもあって、人の顔などもはや確かめようがなかった。

その上、日本橋は行きかう人もまた多く、誰がこちらを見ているかなど、わかりようがなかった。

――くそう、見つからぬ……。

顔を前に戻して、仁平は唇を噛んだ。

「仁平先生、こちらです」

足を止めたお芳が振り返る。あわてて仁平は笑みを浮かべた。

「ああ、ここか」

坂之上は二階屋で、焼杉の板が建物を覆っていた。戸口に灯された二つの灯《あか》りはほどよい明るさを保ち、落ち着いた風情を醸し出している。

坂之上の建物を目の当たりにして仁平は、いかにも高そうだな、と思った。もっとも、自分が金を出すわけではない。

申し訳ないと思いつつも、仁平はいつもお芳に甘えている。医療所にやってくる富裕な患者は薬礼を払ってくれるのだが、仁平はそれらをすべてお芳に渡している。

お芳は、これらのお金は仁平先生がいただくべきものです、と言い張るのだが、仁平は頑として受け取らずにいた。

医療所で仁平が用いている薬草や薬種は、すべて和泉屋から供されているからだ。薬礼は和泉屋に行くべきものだと、仁平は考えているのである。

「仁平先生、入りましょう」

「ああ」

足を踏み出す前に、ちらりと振り向いて背後を見たが、こちらを見ている者がいるようには思えなかった。

だからといって、仁平は先ほど感じた眼差しが勘ちがいであるとは、考えなかった。まちがいなく誰かが見ていた。

――その者がなにをしてくるかわからぬ。用心したほうがよい。

坂之上の暖簾をくぐった仁平たちに、いらっしゃいませ、と三和土にずらりと立つ奉公人たちが頭を下げてきた。

「これはお芳さま。よくいらしてくださいました」

歳がいった女中が、親しげにお芳に声をかけてくる。

「部屋は空いているかしら」

「はい、もちろん空いております」

「こちらのお方は仁平先生とおっしゃって、うちの大事なお客人です」

「は、はい、わかりました」

その女中に導かれて、仁平たちは一階奥の座敷に通された。

行灯が二つ灯された八畳間は掃除が行き届いており、気持ちのよい座敷である。

坂之上は、とことん魚にこだわっているのがわかる店だった。

刺身に焼魚、煮魚など当たり前の料理しか出てこないのだが、そのいずれもとんでもなく美味で、こんな店があるのか、と仁平は驚愕するしかなかった。吟味の上に吟味を重ねた魚しか客に出さないという心構えが、店の中で徹底されているのであろう。

下魚といわれる鮪も出てきた。鮪は江戸の者はほとんど食べないというが、そういうことはないようだ。

一膳飯屋の碁飯屋でも葱鮪があったし、ここ坂之上の刺身の盛り合わせには、鮪の刺身がたっぷりとのせられていた。

この鮪の刺身が、わさびと実によく合った。鮪は口の中でとろけるようで、仁平は幸せを感じた。鮪が下魚など、とんでもないことだとしか思えない。

――何者かに殺された犬や猫には申し訳ないが、やはり生きているというのはよいことだ……。

そういえば、と仁平は思い出した。坂之上に入る前に感じた眼差しの主は、いったい誰なのか。今も坂之上の外にいて、仁平たちが出てくるのを見張っているのだろうか。

――そうかもしれぬ。決して油断はできぬ。

仁平もお芳も茶だけを喫していた。茶を飲むと、どうしても厠が近くなる。ここにお芳を一人にしたくなかったが、我慢するわけにもいかず、仁平は厠に向かった。用足しをして厠を出、廊下を歩いてお芳のいる座敷を目指す。だが、途中、ぎくりとして仁平は足を止めた。

「あれは……」

左側の襖を開けて廊下に出てきた侍に、見覚えがあったのだ。侍は赤い顔をし、少しふらついているようである。

さりげなく顔を伏せて、仁平は曲がる必要のない廊下を左に折れた。侍の姿が視界から消え失《きう》せた。

——今のは鈴山三郎兵衛《すずやまさぶろべえ》だったな。

まちがいない。三郎兵衛は沼里家の家中の士である。

——考えてみれば……。

改めて、お芳のいる座敷を仁平は目指した。この店は、沼里家の上屋敷から大した距離があるわけではない。

しかも、これだけおいしい店なのだ。沼里家中で贔屓にしている者がいても、なんらおかしくはない。

――しかし驚いたな。まさか三郎兵衛に会うとは……。

三郎兵衛のほうは酔っていることもあり、仁平に気づいた様子はなかった。三郎兵衛だけでなく、ほかの家中の士も来ているかもしれなかった。

「仁平先生、どうかされましたか」

座敷に戻った途端、お芳にきかれた。

「お芳、俺がどうかしたように見えるか」

お芳の向かいに座して、仁平はたずねた。

「ええ、なんとなくお顔の色が青いような気がします……」

「そうか。いや、別になんでもないのだ」

仁平は無理に笑顔をつくった。

「それならよいのですが……」

「お芳、そろそろ帰るとするか。もう料理もなくなったし……」

「わかりました。仁平先生、おなかは一杯になりましたか」

「ああ、もうなにも入らぬ。俺はできるだけ食べすぎぬように常に心がけているが、さすがにここはおいしかったな。食べすぎた」

これは偽りでもなんでもない。

「ああ、さようでしたか」

うれしそうにお芳が笑う。

「では仁平先生、まいりましょうか」

うむ、とうなずいて仁平はお芳に続いて座敷を出た。帳場に行くまでのあいだ、三郎兵衛と鉢合わせしないかと、どきどきしたが、なにも起きることなく坂之上の外に出た。

路上に立ち、仁平はあたりに目を光らせた。今のところ、怪しい者の気配は感じない。

少し遅れて、お芳が坂之上から出てきた。坂之上の女中が、火の入った店の提灯をお芳に手渡す。

すっかり暗くなった道を歩き出す前に、仁平はお芳に礼をいった。

「実においしかった」

「はい、私も堪能《たんのう》いたしました」

「それにしてもお芳、いつもかたじけない」

「いえ、仁平先生への恩返しですから」

「恩返しだって……」

「だって、仁平先生は弟の病を治してくださいましたから。もちろん、坂之上での食事だけで返せる恩だとは、つゆほども思っていません」

そういうことだったか、と仁平は思った。提灯を掲げ、お芳がゆっくりと歩き出す。

――普段は自分で提灯を持つことなどなかろうに、なかなか堂に入っているな。

そのことに仁平は感心した。

「江戸にはおいしくない店も数多くあるが、こんなにすごい店もやはりあるのだな」

「坂之上ほどの店は、江戸広しといっても、そうはないと思います」

「その通りだろう。しかし、それだけの店の座敷が、よく空いていたものだ」

「実は――」

お芳が、ちらりと振り返った。きらきらとした目が、仁平にはとても美しく見えた。

「坂之上の座敷を一つ、年間で借りているのです。ですから、いつ行こうが必ず空いているのです」

「ほう、そうなのか」

仁平は嘆声しか出てこない。金持ちのやることはちがう、と心から思う。

「しかし、それはさぞ高かろうな」

「どうなのでしょうか」

お芳が首をひねった。

「年に五十両ほどではないかと思います」

「五十両か……」

庶民や貧乏侍の出る幕はない。

「でも、私が行くことはあまりありません。今夜も久しぶりでした。久しぶりの分、とてもおいしく感じました」

「そうか、お芳も久しぶりだったのか」

「はい、なかなか一人では行く機会がなくて……。おとっつぁんはよくお得意さまの接待に使っているようですけど」

そういう使い道が多くなるのだろうな、と思いながら仁平は歩いた。

すでに刻限は五つを過ぎ、あたりからはだいぶ人けが少なくなっている。日本橋の大店が並び立っているような道に酔客がやってくるようなことはなく、通りが閑散としているのも当然であろう。

家までもう一町もないくらいだ。ここまで来たが、往《い》きに浴びせられた眼差しを仁平は感じなかった。

　──今宵はあらわれぬか。

　ふっと仁平が息をついたのを見計らったように、二人の男が前にあらわれ、行く手に立ち塞がるようにした。

「なにか用か」

　素早くお芳の前に出て仁平はただした。二人は風体からしてやくざ者らしい。

　──俺をいやな目で見ていたのは、こやつらか。

　そうではないかという気がする。背後にも人の気配がした。仁平が振り向くと、そちらにも二人の男がいた。

「あなたたち、なにをする気よ」

　提灯をかざしてお芳が叫ぶ。

「お芳、黙っているのだ」

　仁平がいうと、お芳が口を閉ざした。

「なにか用か」

　改めて仁平はやくざ者にたずねた。

「用はあるさ」

「どのような用だ」

「おめえを叩きのめすことだ」

目の前の男が言い放つや、仁平に殴りかかってきた。

男の拳をかわした仁平はお芳の手を取り、商家の軒下に入り込んだ。お芳を背にし、四人のやくざ者と対峙《たいじ》する。

こういう風にしておけば、お芳をやくざ者の人質にされるようなことはない。

「ふん、その器量よしにいい恰好《かっこう》を見せようっていうのか」

仁平の正面に立った男が鼻を鳴らし、下卑た笑いを見せる。

「おい、こいつを二度と仕事ができねえようにしてやるんだ」

低い声で、男がほかの三人に声をかける。どうやらこの男が頭《かしら》のようだ。

「おう、わかってやすよ」

仁平の両側から、いきなり二人のやくざ者が飛び込んできた。仁平を挟み込むようなその動きから、喧嘩慣れした連中だな、と仁平は悟った。

だからといって、仁平は慌てる素振りはまったく見せなかった。右手の拳で痩せた男のこめかみを殴りつけ、同時に左の手刀で小太りの男の耳の後ろを打ち据えた。

ううぅ、と痩せた男がうめき声を上げ、こめかみを押さえて後ずさる。

小太りの男は声を上げることなく、その場に倒れ込んだ。

「あっ」

正面に立つ男は、仁平の手練ぶりに驚愕したようだ。懐にのんでいたらしい匕首《あいくち》を取り出し、鞘《さや》を捨てた。

もう一人の長身の男も、抜き身の匕首を手にして身構える。

「いいか、手を狙え。手を潰すんだ」

長身の男に頭の男がささやくようにいったのが、仁平の耳に届いた。

――こやつらは、俺が医者であることを知っているらしいな。

仁平が医者であることが気に入らないようだ。

――やはり、犬猫の死骸もこやつらの仕業ではないか……。

「おい、犬と猫を殺し、庭に放り込んだのはきさまらか」

仁平にきかれた男がせせら笑う。

「だとしたら、どうする気だ」

「きさまらの仕業なのだな」

「そうさ、俺たちがやったのさ」

男があっさりと認めた。ひどい、と背後でお芳がつぶやいた。

「犬猫の死骸を投げ込んだのが俺たちだとして、てめえはどうする気だ。さっさと答えやがれ」

「知れたこと――」

静かな声で仁平は告げた。

「きさまらを半殺しの目に遭わせる。手加減は一切せぬ」

「はっ、やれるものか」

叫ぶようにいって頭の男が仁平に近づき、匕首を振り下ろしてきた。

だが、その前に仁平は男の懐に飛び込み、みぞおちに拳を見舞っていた。

仁平の手に鈍い手応えが伝わり、男が、ぐっ、と息が詰まったような声を上げた。

男はふらりとよろけたが、歯を食いしばって、かろうじて体勢を立て直した。

すかさず仁平は走り寄り、顎に拳を見舞った。男が後ろに吹っ飛び、背中から地面に落ちた。その弾みで、匕首が手から飛ぶ。

てめえっ、と怒号して長身の男が仁平に躍りかかってきた。匕首を横に払ってきたが、体勢を低くして仁平はそれをかわし、男の顎に肘打ちを食らわせた。

がつっ、と音が立ち、長身の男が、ああ、と情けない声とともに地面にくずおれる。

三人が地面に倒れ、かろうじて一人だけが立っていた。

仁平は素早くお芳のもとに戻った。

「大丈夫か、怪我はないか」

「先生、強い……。強い人、大好き」

息をのんだらしいお芳が、両手を合わせてそんなことをぶつぶついっている。

この分なら大丈夫だろう、と判断した仁平は頭とおぼしき男に近づいた。頭はまだ地面に横たわったままだ。

立っている男にじろりと目をやって仁平はしゃがみ込み、頭の頬を張った。それで頭が目を覚ました。うつろな目が仁平を見る。

「おい、きさま、誰に頼まれた」

男の襟元を摑み、仁平は締め上げた。だが、男は仁平をじっと見ているだけでなにもいわない。

――やくざ者にも矜持《きょうじ》があるのか。

「おい、吐け。吐かぬと痛い目に遭わせるぞ」

「てめえ、いってえ何者だ」

男の目には驚きの色が宿っている。

「依頼してきた者は、俺のことをおぬしらになにも教えなかったのだな。もっとも、俺のことなど調べようもなかっただろうが……」

仁平から目を離し、男が横を向いた。

「おい、なにをしているのだ」

不意に横から鋭い声がかかった。ほぼ同時に提灯がこちらに向けられ、仁平は淡い光に包まれた。

今のは聞き覚えのある声だ、と思って仁平は、男の襟元を持つ手の力を緩めた。

その瞬間を狙っていたかのように男がさっと立ち上がり、仁平との距離を取った。

二間ほど離れたところで仁平を見つめてくる。

――やはり知らぬ顔だな。

ほかの三人が、すぐさま頭のそばに集まった。三人とも、立っていた男はともかく、気絶していた二人もいつしか目が覚めていたらしい。

「引き上げるぞ」

頭が言うや、男たちが体を翻し、人けのない夜道を駆け去っていく。

仁平に追うつもりはなかった。どうせ追いつけない。

「あっ、仁平ではないか」

驚きの声を発したのは、牧兵衛だった。定町廻りらしく黒羽織を着込んでいる。

その形を見て、さすがに板についているな、と仁平は感心した。

「見矢木さま」

仁平の後ろから、お芳が声を上げた。

「おう、お芳も一緒か。いったいどうしたというのだ。喧嘩か」

「そうではない。しかしおぬし、ずいぶん遅くまで仕事に励んでいるのだな」

「知らせを受けたゆえ、おぬしの家に行って怪しい者がおらぬか、路上でしばらく張っていたのだ。おぬしは留守だったようだが……」

「済まぬ。お芳と食事に行っていた」

「そうだったか……」

牧兵衛は中間らしい男を一人、連れている。

「この男は善三《ぜんぞう》という。仁平、お芳、以後よろしく頼む」

「よろしくお願いいたします」

善三が丁寧に頭を下げてきた。

「ああ、こちらこそよろしくな」

「よろしくお願いいたします」

仁平とお芳は口々にいった。

「それで仁平——」

牧兵衛が改めて仁平にきいてきた。

「喧嘩でないといったが、いったいなにがあったのだ」

牧兵衛を見つめて仁平はわけを話した。聞き終えた牧兵衛が目をみはった。

「今の者どもが、犬や猫の骸を投げ込んだかもしれぬのか。しかも今度は、仁平の手を潰そうとしたか。おぬしに医者としての仕事をさせまいとしたのだな。よし、この一件、俺がきっちりと調べてみよう」

「そいつは助かる」

腕利きの定町廻り同心が探索に当たってくれるのなら、頼もしいことこの上ない。

小さく笑った牧兵衛が、済まなそうな顔になった。

「見矢木どの、どうかしたのか」

すかさず仁平はきいた。

「どうやら、俺は余計な真似をしたようだからな。今のやくざ者どもは、誰かに頼まれておぬしを襲ったということであったな。俺がおぬしに声をかけなければ、男たちが逃げ出すきっかけを与えるようなことにならなかった。誰に頼まれたか、白状させられたかもしれぬのに……」

「なに、俺が油断したせいだ。おぬしが気に病むことはない」

「そういってもらえるとありがたいが……」

腕組みをして牧兵衛が考え込んだ。

「しかし、今のやくざ者どもは、このあたりでは見たことがないな……。どこかで目にしたような顔ではあるのだが……」

「そうか、やつらはこのあたりのやくざ者ではないのか……」

だとしたら、と仁平は思った。

――この近在の医者の差金ではないのかもしれぬ。

「俺の縄張《なわばり》の外からやってきたような気がする。――ああ、それと、今夜からおぬしの医療所に誰かを張らせておこう。また犬猫の死骸を投げ込もうとする者がいたら、とっ捕まえてやる」

「いや、その要はない」

首を横に振って仁平は牧兵衛を止めた。

「なにゆえだ」

「もう二度と同じことは、せぬだろうからだ」

真剣な光を瞳に宿して、牧兵衛が仁平を見つめてくる。

「おぬしのいう通りかもしれぬ。男たちを追うほうが早いな」

「俺もそう思う。牧兵衛どの、造作をかけるが、頼む」

「わかっておる」

張り切った声を牧兵衛が上げた。

「これまでおぬしに救ってもらった病人は数多く、そのことは江戸の安寧を保つことにも貢献しているはずだ。俺は、おぬしに深く感謝しておる。おぬしを襲った者を捕まえることにより力を入れるのは、至極当然のことでしかない」

「かたじけない。見矢木どの、男どもを追うのはよいが、無理はせんでくれ。怪我をしてもらいたくない」

ふふ、と牧兵衛が小さな笑いを見せた。

「無理はせざるを得ぬが、怪我などせぬ。だがもし万が一、怪我をするようなことがあれば、仁平、真っ先に診てくれ」

「承知した」

仁平も笑顔になって請け合った。

「ところで仁平、おぬしには怪しい者に心当たりはあるのか」

まじめな顔で牧兵衛がきいてきた。

「それがないのだ」

かぶりを振って仁平は答えた。そうか、と牧兵衛がいった。

「同業が、最も怪しいのはまちがいないだろうがな……」

独《ひと》り言《ご》つように牧兵衛が言葉を漏らした。

「おぬしももう知っているかもしれぬが、この町には賢腎先生という医者がおる」

「やはり、その賢腎どのが怪しいのか」

「しばらく会っておらぬが、なにしろ金に汚いからな……」

首を振り振り牧兵衛がいった。

「まずは、賢腎先生から当たってみることにする」

「恩に着る」

「なに、礼などいらぬ」

牧兵衛が仁平を見つめてきた。

「おぬし、同業以外の者に、うらみを買ったというようなことは」

そうだな、と仁平はつぶやいた。

「やくざ者の庵八一家が差配している難波町で河岸普請をしていたとき、ねぐらでの博打がきっかけで、帯之助という人足を叩きのめしたことがある」

「ふむ、やくざ者か……」

「俺は、襲ってきた男たちの顔に覚えはない。おそらく庵八一家の者ではなかろう」

「そうか。仁平、心当たりは、そのくらいなのだな。ふむ、帯之助か……。よし、そちらも当たってみるとしよう」

「かたじけない」

仁平は、庵八一家のねぐらがある場所を牧兵衛に伝えた。

「うむ、わかった。頭に叩き込んだ」

「見矢木どのは、今から賢腎先生のところに行くのか」

「そのつもりだ。もし仁平の襲撃を賢腎先生があの男たちに頼んだのだとしたら、首尾を知らせにやってくるのを、寝ずに待っているはずだからな」

なるほど、と仁平は感心した。

――そういう見方もあるのか……。

「では、これでな。仁平、お芳。気をつけて帰れ」

善三を促して、牧兵衛が仁平たちの前を去っていった。

四

疲れてはいたものの、牧兵衛は賢腎の医療所に赴いた。

「灯りがついてますね」

路上から、ちんまりとした医療所を見て善三がいった。

「よし、行くか」

道に面した戸口に立ち、牧兵衛は拳で板戸を叩いた。

「誰だ」

苛立《いらだ》ちを感じさせる声がし、板戸の向こうに人が立った気配が伝わってきた。

「南町奉行所の者だ」

「名は」

尖《とが》った声でこちらにきいてきた。

「見矢木牧兵衛という」

「一人か」

「供の中間がいる」

「番所の役人が、こんなに遅く、なんの用だ」

「おぬしは賢瞖先生か。話を聞きたいのだ」

「番所の役人に話すことなどない」

「こちらには、聞きたいことがあるのだ。ここを開けてくれ」

「いやだといったら」

「この戸をぶち破る」

しばらく沈黙があった。

「わかった」

心張り棒を外したらしい音が、牧兵衛に聞こえた。

その直後、きしむ音を立てて戸が開いた。一人の男が顔をのぞかせる。紛れもなく賢瞖である。

牧兵衛を見て賢瞖が瞠目する。

「見矢木という同心は、あんたのことか。確か、人足寄場行きになったと聞いたが」

「定町廻りに戻ったのだ」

「そうか、よかったな。立ち話もなんだ、入るか」

「よいのか」

「ああ、構わん」

善三が提灯を吹き消したのを見て、牧兵衛は家の中に入った。

「善三はここで待っておれ」

狭い式台があり、そこに腰かけているように牧兵衛は命じた。

戸口から最も近い八畳間に招き入れられた牧兵衛は、畳の上に端座した。

ここは待合部屋である。襖で仕切られた隣が医療部屋になっている。

ただし、家の中にはほとんど薬臭さがない。医療所とは思えない感じである。

「一人暮らしゆえ茶も出んが、勘弁してくれ」

いいながら賢腎が牧兵衛の前に来て、座布団の上に座した。

「もちろんだ。こちらこそ刻限に押しかけて申し訳なかった」

「それで見矢木さん、どのような用件だ」

座布団の上で身じろぎして、賢腎が水を向けてきた。

「その前にききたいのだが、なにゆえこの家の中には薬臭さが漂っておらぬのだ。前に来たときは、さして流行ってはいなかったが、もっと薬湯のにおいがしていたが
……」

「さして流行っていなかったか……」

苦笑した賢腎が立ち上がった。

「ちょっと待ってくれ。喉が渇いた」

一度、待合部屋から姿を消した賢腎がすぐに戻ってきた。二つの湯飲みを手にしている。

一つは牧兵衛に供するのかと思ったら、二つとも自分のそばに置いた。大ぶりの湯飲みを持ちあげ、口に持っていく。ぐいっと中の液体を口中に流し込んだ。甘い香りが仁平の鼻先をかすめていく。

「ああ、うまい。酒はいいなあ。誰がつくったか知らんが、素晴らしい」

ほとんど一瞬で空になった湯飲みを賢腎が畳に置いた。

「なぜ薬臭さがしないのか。それはもうこの医療所を畳んだからだ」

「えっ」

牧兵衛にとって意外な答えでしかなかった。

「いつのことだ」

「医療所を畳んだのは十日ばかり前だな。畳むことは、もう二月ばかり前から決意しておった。だから、新たな患者はもう一月以上、取っておらん」

「なにゆえ畳んだのだ」

「見ての通り、わしはもう歳だし、金もずいぶん貯まった。向島に買った家で余生を過ごすつもりだ」

「向島に家を……」

「ああ、そこで妾《めかけ》も囲うつもりでおるよ」

牧兵衛は賢腎をじっと見た。嘘をいっているようには見えない。

「賢腎先生、おぬしは仁平という医者を知っているか」

「仁平……」

首をひねって、賢腎が心当たりを探るような顔をする。

「ああ、近所に医療所を開いた男だな。ずいぶんと腕がよいらしいではないか。患者が押し寄せていると聞いたぞ」

「その通りだ」

「その仁平という医者がどうかしたのか」

「襲われた」

「なんだと」

眉根を寄せて賢腎が牧兵衛を見る。はっ、とした顔つきになった。

「わしが仁平という医者を妬んで襲わせたと考えたのか。お生憎《あいにく》さまだな。どんなにその仁平という医者の医療所が繁盛していようと、わしには今さら妬みなどない」

「そうだろうな」

牧兵衛も認めざるを得なかった。

「あれほど繁盛している医療所が近所にできるなど、この稼業をやめることにして本当によかった。今は、これからはじまる新しい暮らしが楽しみでならんよ」

好々爺《こうこうや》のような顔で、賢晋がいった。これはなにもしておらぬな、と牧兵衛は判断せざるを得なかった。

――ならば、ほかの町医者だろうか。

そう考えた牧兵衛は明くる朝から、善三を連れて、日本橋で医療所を開いている町医者を片端から当たっていった。

仁平を妬んでいる者は少なくないようだが、やくざ者を雇って仁平の手を潰してやろうなどと企《たくら》む者は、さすがにいそうになかった。皆、気持ちは善良な者ばかりだった。

それに、医者は薬礼が馬鹿高いこともあり、かなり儲かるようにできている。わざわざ人を傷つけるような真似をして、今の暮らしを失うような真似をする者はいそうになかった。

——同業の仕業ではないのか……。

ならば、と牧兵衛は思った。

——庵八一家のねぐらに行ってみるか。

仁平の話では、神田同朋町《どうぼう》にあるという話だった。

神田同朋町の自身番の者にきくと、すぐにねぐらは見つかった。大きな掘っ立て小屋に過ぎなかった。

——ここで仁平は暮らしていたのか……。

信じられぬ、と牧兵衛は思った。あれだけの医術の腕を持つ男が、なにゆえこのような場所で、くすぶっていたのか。

まちがいなく仁平は訳ありの男だが、今のところ、牧兵衛に穿鑿《せんさく》するつもりはない。誰しも事情というものがあり、知られたくない秘密もあるはずなのだ。

わざわざほじくり返すようなことをして、仁平が失踪するなどという事態になっても困るではないか。

しかし皆、出払っているようで、ねぐらには誰もいなかった。牧兵衛は、ちょうどそばを通りかかった近所の女房らしい女に話を聞いた。

「ああ、ここの人たちなら、両国橋のほうに行っているはずですよ。新しい河岸をつくっているんだとかいってましたから」

「かたじけない」

礼をいって牧兵衛は両国橋に向かった。

庵八一家の普請場がどこか、両国橋の近くを見て回ると、ほどなく知れた。

「あそこか……」

両国橋から南に一町ほど下ったところで、三十人ばかりの人足が働いているのが見えたのだ。

普請場に赴いた牧兵衛は、人足たちの働きぶりを監視しているやくざ者に声をかけた。

「帯之助はいるか」

「あっ、これはお役人」

男が小腰をかがめた。

「あの、帯之助になにか御用ですかい」

「ああ、話を聞きたいのだ」

「さようですかい」

男が困ったような顔をした。

「おぬしは、庵八一家の者だな」

へい、と男が答えた。

「あっしは島吉といいます。人足たちの差配をしておりやす」

「帯之助はどこだ」

牧兵衛は人足たちのほうに目を投げた。

「いえ、それが……」

島吉が言葉を濁す。

「半月ばかり前に帯之助は死んじまったんですよ」

「死んだだと」

さすがに牧兵衛は驚いた。

「なにゆえ死んだのだ」

「卒中です」

「なんと……。医者は呼んだのか」

「ええ、来ていただきましたよ。お医者の見立てが、卒中ということでした」

「なんという医者だ」

「頼琴《らいきん》先生といいます。この近くで医療所を開いていらっしゃいますよ」

——帯之助という男がもう死んでしまったのなら、仁平にうらみもなにもあったものではないな……。

「しかしお役人、帯之助のことで、なぜいらしたんですかい」

不審そうに島吉がきいてきた。

ここで仁平の名をわざわざ出すことはなかろう、と牧兵衛は判断した。

「ちとあってな」

言い捨てるようにして、牧兵衛はくるりと踵を返した。

——手がかりがないな。

こういうときは最初に戻ったほうがよいな。

善三を連れて、牧兵衛は仁平の医療所にやってきた。

今日もあふれんばかりの患者が来ている。外に善三を置いて牧兵衛は中に入った。

待合部屋から医療部屋に移る。

牧兵衛を見て、来たか、という顔をしたが、仁平はなにもいわなかった。

目の前の患者から症状を聞き取り、手際よく薬湯をつくって、それを与えていく。

まるで迷いがない。流れるような動きだ。まるで能でも見ているみたいだな、と牧兵衛は思った。

——見とれるほどの手際だ。

その上、お芳も必死に手伝っている。

——歳は離れているが、似合いの二人ではないか……。

仁平の歳は三十八と聞いている。

——ああ、だが仁平には妻子がおったな。

牧兵衛は町奉行所の者からそう聞いている。

次に仁平の治療を受けたのは、ろくに歩けもしない年寄りだった。今にも死にそうに牧兵衛には見えた。

——まさに藁にもすがるという思いで、仁平を頼って来たのだろうな。

仁平は、棺桶《かんおけ》に片足を突っ込んでいるような者たちを、持ち直させているのだ。

仁平という男は、やはりすごい腕の持ち主としかいいようがない。

——これだけの腕だ。やはり、沼里の御典医だったのかもしれぬ……。

御典医として、なにかしくじりをやらかしたのか。それで世を儚《はかな》んで故郷を捨て、江戸に来たのか。自らをさいなむような気持ちで、人足仕事をしていたのか。

仁平の治療ぶりを目の当たりにして、不意に牧兵衛の頭に閃《ひらめ》くものがあった。

——仁平は、死にかけた者を生き返らせることができるのか……。

ふむ、と鼻を鳴らし、牧兵衛は思案した。

——それを許せぬと思う者がいるとしたら、どうだろうか……。

牧兵衛は考えを進めた。

たとえば、医者が見放した重病人が死ぬことで手に入れんとしていた財産が、再び持ち直すことで失われることになれば、それだけの腕を持つ医者を、なんとかしようと思わないか。

できれば、その名医を殺すほうがいいのだろうが、そこまでする必要はないのかもしれない。

名医の手を潰して使えなくしてしまえば、治療に当たれない。仮に手が再び使えるようになっても、そのあいだに重病人は死んでしまう。そういう筋書なのではないか。

少しだけ仁平の手が空いた瞬間を見計らい、牧兵衛はお芳に、これまで重篤の病で持ち直した金持ちの者がどれだけいるか、たずねた。

仁平の了解をもらってお芳が、この医療所にやってきたすべての患者の名簿を見せてくれた。

——もめ事が起きるとしたら、金絡みか女絡みだな。どちらかというと、金絡みと考えたほうがよかろう……。

牧兵衛の定町廻りとしての勘が、そう告げている。

牧兵衛は名簿に目を走らせた。ふと一点で目がとまる。

——五祝屋か。

五祝と書いて、いわい、と読む。珍しい名といってよい。

牧兵衛の縄張内に五祝屋はある。老舗の呉服問屋で、当主の重右衛門《しげえもん》は重い病にかかっていた。

——そうか、重右衛門は仁平を頼ったのか。

重右衛門の病状が持ち直して、都合が悪い者は誰か。

さっそく牧兵衛は、五祝屋の内情を調べてみることにした。

取引先が最も話をしてくれそうな気がして、大多屋《おおたや》という絹問屋を訪ねた。ここの隠居の髙右衛門《たかえもん》と、牧兵衛は親しくしている。

髙右衛門がまだあるじだった頃、泥棒に入られて奪われた金を、牧兵衛は取り戻したことがある。今も顔を合わせるたびに、うちは見矢木さまのおかげでつぶれなかったようなものです、と必ずいう。盗まれた大金は、仕入れ先に支払うためのものだったのだ。

「ああ、五祝屋さんですか」

庭の離れで会った高右衛門が渋い顔をした。

「あそこは、今のあるじの季久蔵《きくぞう》さんがよくないのですよ」

「季久蔵か。確か娘婿だったな」

「さようです」

「なにがよくないというのだ」

「重右衛門さんが病に倒れられて以来、ずいぶんと金遣いが荒くなっていると聞いているのです」

「ほう、金遣いが荒いのか。季久蔵はなにに使っているのだ」

「なんでも、賭場に足繁《あししげ》く通っているらしいんですよ」

「賭場だと……」

「ええ、それも大負けしているという話も聞きましたよ」

「そのことを、高右衛門は誰から聞いたのだ」

「親しくしている男です。その男も手慰みで賭場に行っているもので、よく季久蔵さんと顔を合わせるそうですよ」

「賭場を開いているやくざの名はわかるか」

「ええ、わかります。親分は、又七《またしち》さんというらしいです」

重右衛門が重い病にかかったのをいいことに、季久蔵は又七の賭場で遊んでいるのだろう。そして借金をつくっているのではないか。

商売のほうは、練達の番頭や手代が何人もいる。別に婿が出ていかなくとも、なんとでもなる。

季久蔵は重右衛門に死がすぐに訪れることを前提として、荒い金遣いをしているのではないか。

もし重右衛門に持ち直されていろいろ金のことを調べられたら、季久蔵からはきっと埃《ほこり》が出てくるにちがいない。

だから、重右衛門が持ち直すことがないように、知り合いのやくざ者に頼んで仁平を襲わせたのではあるまいか。

知り合いのやくざ者というのは、又七一家の者と考えてよいのではないか。

そこまでわかってしまえば、又七一家に行き、仁平に締め上げられていた男を捜し出せば、こと足りる。

「又七はどこに一家を構えている。髙右衛門、知っているか」

「確か神田鍛冶町二丁目ですね」

「わかった。かたじけない」

髙右衛門に礼をいって、牧兵衛は大多屋をあとにした。外で待っていた善三とともに神田鍛冶町二丁目に足を向ける。

すぐに又七一家の家は知れた。牧兵衛は訪いを入れることなく、からりと障子戸を開け放った。

広い三和土の上は二十畳ほどの広間になっており、大勢のやくざ者が思い思いにたむろしていた。ちんちろりんをしている者も少なくなかった。誰もが、おっ、という顔を牧兵衛に向けてきた。

一人一人の顔を牧兵衛はじっと見た。牧兵衛が何者か気づいて、まずい、といいたげに慌てて顔を下に向けた者がいた。

――あやつだ。

昨晩、仁平が首根っこを締めつけていた男である。雪駄を履いたまま牧兵衛は広間に上がった。

立ち上がった男が勝手口でもあるのか、奥に向かって走り出そうとする。

「逃げるなっ」

牧兵衛は一喝した。すると、男が足を矢で射貫かれでもしたかのように、ぴたりと立ち止まった。恐る恐るという風情で、牧兵衛を振り向く。

「来い」

男を見据えて牧兵衛は手招いた。

「わかりやした」

おずおずという感じで、男が近くに寄ってきた。

「おぬし、名は」

上目遣いに牧兵衛を見て、男が答える。

「へい、陽市《よういち》といいやす」

陽市、と牧兵衛は呼んだ。

「昨晩、おぬしは仁平を襲ったな」

「いえ、覚えはありやせんが……」

「とぼけるか」

「いえ、とぼけているわけじゃありません」

「よし、ちょっと自身番に来い」

「えっ」

「自身番でたっぷりと締め上げてやる」

「そんな……」

「いいから来い」

「わ、わかりやした」

善三に陽市に縄を打たせ、牧兵衛は町の自身番に連れていった。

しかし別に締め上げるまでもなく、陽市は白状した。どうやら陽市は又七の右腕のような男らしく、弟分たちの手前、ぺらぺらとしゃべるのは、体面が許さなかったようだ。

「よし、陽市」

鋭い声で牧兵衛は呼びかけた。

「おぬしは、五祝屋のあるじ季久蔵に頼まれて仁平を襲ったことを認めるのだな」

「へい、認めます」

襲撃者があと三人いるのはわかっていたが、それについて陽市は頑として話さなかった。

――弟分たちを守ろうというのか。下らぬ矜持だな……。

「なにゆえ季久蔵は仁平をおぬしらに襲わせたのだ」

「季久蔵さんは、うちの賭場に百両以上の借金があるんですよ」

「百両だと」

「ええ、とんでもない額ですよね」

「それで」

牧兵衛は先を促した。

「隠居の重右衛門さんが死ねば、百両は耳を揃えて返す、とまずいってきました。その後、仁平という町医者を二度と仕事ができないようにしてくれたら、さらに五十両を払うといってきました」

「それでぎさまは受けたのか」

「だって町医者を殺すんじゃなく、仕事をできなくするだけで五十両ですからね。断れないですよ」

――もしこのことが重右衛門にばれたら、季久蔵は五祝屋を叩き出されるだろうな。

女房とも、むろん離縁ということになろう。

五祝屋の婿としてそのままいられれば百両くらいの借金はなんとでもなろうが、身一つで追い出されたら、季久蔵にはもうどうすることもできまい。借金の返済ができなければ、簀巻にされて、川に流されてしまうかもしれない。

「よし、行くか」

陽市を見つめて牧兵衛はいった。

「どちらに行くんですかい」

「決まっている」

善三に陽市を改めて縛り上げさせ、牧兵衛は五祝屋に向かった。

五祝屋にはすぐに着いた。大きな暖簾が風にゆったりと揺れている。大店の余裕を感じさせる風景である。

――しかし内情はいいとはいえぬのだな……。

そんなことを思いながら牧兵衛は暖簾をくぐり、広い土間に足を踏み入れた。陽市は善三と一緒に外で待たせてある。

「いらっしゃいませ」

すぐに土間の端にいた手代らしい男が寄ってきた。

「あの、お役人、なにかご入り用でしょうか」

少し怪訝そうに手代らしい男がきいてきた。

「あるじの季久蔵に会いたい」

「旦那さまでございますか」

「おらぬのか」

「いえ、いらっしゃると思います」

「季久蔵には、ここまで来てくれるようにいってくれ」

「は、はい、承知いたしました」

手代らしい男が、大勢の客が商談をしている広間に上がり、奥につながる内暖簾を払って姿を消した。

さほど待つことはなかった。先ほどの手代らしい男とともに、牧兵衛も見覚えがある若い男がやってきた。

土間に下りてきた季久蔵は、明らかに不快そうな顔をしていた。

「どのようなご用件でしょうか」

荒い口調で牧兵衛に問いをぶつけてきた。

「ちと外に出てくれるか」

有無をいわせず季久蔵の肩を摑み、牧兵衛は暖簾を払って外に出した。

「あっ」

縄を打たれている陽市を見て、季久蔵が声を失った。

「この陽市がすべて吐いた。ゆえにおぬしを今から番所に連れていく」

「なんの罪ですか」

必死の表情で季久蔵が抗う。

「まあ、おまえが白状せぬのなら、それでもよかろう」

余裕たっぷりの顔で牧兵衛はいった。

「ただし、おまえの目論見《もくろみ》はすでに崩れたのだ。いずれ重右衛門は元気になり、商売に再び精を出すだろう。重右衛門が帳簿を目にしたそのときが、見物《みもの》だな」

ああ、と声を放って季久蔵がいきなりその場に泣き崩れた。

「手前には仁平という医者を、殺そうなんて気はありませんでした。手だけを使えなくしてくれればよいと、この陽市さんにもお願いいたしました。大旦那さまがあの世に行ってくれるだけの時を稼げれば、手前にはよかったのです」

「しかし、仁平という名医の手を使わせなくして、まだ生きられるはずの重右衛門を亡き者にしようとした。それだけでおぬしは死罪は免れぬ」

冷徹な口調でいって牧兵衛は、陽市と季久蔵を町奉行所に引っ立てた。

そしてその日の夜、仁平の医療所を訪問し、ことの顚末《てんまつ》を告げた。

「ところでおぬし、検死はできるのか」

お芳が淹れてくれた茶を喫しつつ、牧兵衛は仁平にきいた。

「検死か……」

「この日本橋界隈で検死を頼んでいた医者が、一月ばかり前に病で亡くなってしまったのだ。その後釜に、おぬしをどうかと思っているのだが……」

「検死をしたことはないが、やれぬことはなかろう」

牧兵衛には、仁平が自信ありげに見えた。

「そうか。ならば、この界隈で人死にが出たときに頼んでもよいか」

「患者がおらぬときなら、行ってもよい」

「そうかもしれぬ」

「患者がおらぬときか……。それはまたほとんど望み薄だな」

そのとき不意に思いついたことがあった。そうだ、と牧兵衛は叫ぶようにいって膝をはたと打った。

「おぬし、弟子を取るつもりはないか」

「弟子だと」

「そうだ。小石川養生所で働いていた若い医者がおるのだ。養生所で病をもらってしまったのか、ここ一年ばかりずっと臥《ふ》せっておったのだが、ようやく本復したのだ。その男を弟子に取らぬか」

「病が治ったのなら、小石川養生所に戻ればよいではないか」

「いや、それがその男は、もう小石川養生所には戻れぬ。そやつの席は、とうに埋まってしまったからな」

小石川養生所は公儀が開いた医療所だが、予算があまり潤沢でないと聞いている。働ける医者の数も限られている。

「では、その者には、行き場がないということか」

そうだ、と牧兵衛はうなずいた。

「その者の腕はよいのか」

小石川養生所で働いていたということだけで腕のほどは知れるのだが、仁平はあえてきいてきたようだ。

「それは俺が太鼓判を押す。もっとも、おぬしには及ばぬだろうが……」

言葉を途切れさせて、牧兵衛は仁平を見つめた。

五

牧兵衛の眼差しを受けつつ、仁平はその提案を考えてみた。

——今はお芳一人しかおらぬゆえ、俺はてんてこ舞いになっておる……。

ここに腕のよい医者が一人来たら、だいぶちがう。助かるのはまちがいない。

「しかも仁平、その者は小石川養生所に勤めていたゆえ、最も進んだ医術を身につけておるのだ」

「それはよいな」

「そうであろう」

「名はなんというのだ」

「貫慮《かんりよ》という」

僧侶のような名だな、と仁平は思った。

「まるで坊さんみたいな名だが、坊さんも医者も剃髪《ていはつ》しておる。両者は似たようなものだろう」

笑って牧兵衛がいった。

「給金はどうすればよい」

仁平は牧兵衛にたずねた。

「貧しい者からはこれまで通りただでよいだろうが、たとえば五祝屋のような金持ちからは、たっぷりともらえばよいではないか。そこから払ってくれぬか。さすがにただで働いてもらうわけにはいかぬだろう」

「五祝屋からは、すでにたっぷりともらっている」

実際、重右衛門は少なくない額の金を仁平に押しつけるようにしているのだ。

「では、そこから出してくれ。額はおぬしに任せるゆえ」

「承知した。だが見矢木どの、その貫慮という男を採用するかどうか、まずは会ってからだ。それに、まことに病が治っているか、それも気になるところだ」

「うむ、それでよい」

にこりと笑って牧兵衛が顎を引いた。


翌々日の朝、仁平は貫慮と会った。

はきはきとした物言いをする、きもちのよい男だった。

歳は三十近いが、かなりの医術の知識を誇っているのはまちがいない。仁平が貫慮から得ることも多いのではあるまいか。

貫慮は優しげな笑みを持つ男で、患者に対し、いろいろと配慮もできそうだ。

実際、仁平が貫慮の体を診たところでも、病はすっかり治っている様子だった。

——これならよかろう。

仁平は貫慮を採用することにした。

「では、明日から来てくれぬか」

「承知いたしました」

貫慮が喜びを露わにする。

「しかし仁平先生、手前は今日からでも構わぬのですが」

「いや、今日は一日、したいことをしてきてくれ。体を休めてもよいし、遊びに行ってもよい」

「はい」

「とにかく英気を養ってほしいのだ。明日からは休みたくてもほとんど休めぬ」

「承知いたしました」

丁寧に辞儀をして貫慮は帰っていった。

「せっかく二人きりだったのに……」

不満そうにお芳がつぶやいた。

「だがお芳、明日からは少し楽ができるぞ」

「楽になど、ならなくてもよかったのです」

「お芳。もし俺たちが目を回して倒れるようなことになったら、元も子もない。貫慮どのが来てくれることは実にありがたい」

「それはそうなんですけど……」

「これも運命だ。俺たちは黙って受け入れるしかないのだ」

そのとき和泉屋から使いがやってきた。丁稚の定吉である。

「お嬢さま、大変です」

血相を変えて定吉がいった。

「どうした」

「なにがあったの」

仁平とお芳は口々にきいた。

「あの、旦那さまが倒れられたのです」

「なにっ」

戸口に「休診」の札をかけ、仁平はお芳とともにすぐさま和泉屋に駆けつけた。

奥の座敷で和兵衛は床に臥せていた。

「ああ、仁平先生、ご足労をおかけしてまことに申し訳ありません」

声に力がなく、顔色が灰色になっている。

――これはいったいなんの病だ。

こんな顔色はこれまで見たことがなく、仁平にはまったくわからない。その上、和兵衛の顔に水玉のような斑点が浮き上がっているのだ。

こんな病は見たことも聞いたこともない。

和兵衛はみるみるうちに衰弱していく。

――このままでは死んでしまう。なにを処方すればよいのか……。

和兵衛を見つめて、仁平は必死に頭を巡らせた。

頭に浮かんだ薬種を用い、薬湯をいくつかつくってみた。

しかし、どれも効き目をあらわさない。和兵衛はどんどん弱っていく。顔が死人のようになっている。

――助けられるのか。

弱気になった自分を仁平は知った。

――必ず助けるのだ。この恩人を助けられんで、いったいなんの医術というのだ。

仁平は必死に薬湯をつくり続けた。お芳も手伝ってくれた。

すっかりよくなった和助もやってきた。高江も和兵衛のそばについている。

――和泉屋を、死なせるわけにはいかぬ。

その一念で仁平は必死に薬の調合を続けた。

本書は講談社文庫のために書下ろされました。

|著者|鈴木英治　1960年静岡県沼津市生まれ。明治大学経営学部卒業。1999年に第1回角川春樹小説賞特別賞を「駿府に吹く風」（刊行に際して『義元謀殺』と改題）で受賞。「口入屋用心棒」「沼里藩留守居役忠勤控」「蔦屋重三郎事件帖」「突きの鬼一」などのシリーズで人気を博す。2016年に歴史・時代小説作家たちによる小説研究グループ「操觚《そうこ》の会」を立ち上げ精力的に活動。本作は江戸の監察医を主人公とするシリーズ第1弾。

大《おお》江《え》戸《ど》監察《かんさつ》医《い》

鈴《すず》木《き》英《えい》治《じ》

2019年2月15日第1刷発行
2024年4月2日第7刷発行

発行者――森田浩章
発行所――株式会社　講談社
東京都文京区音羽2-12-21　〒112-8001
電話　出版（03）5395-3510
　　　販売（03）5395-5817
　　　業務（03）5395-3615

Printed in Japan

講談社文庫
定価はカバーに
表示してあります

KODANSHA

デザイン―菊地信義
本文データ制作―講談社デジタル製作
印刷―――株式会社KPSプロダクツ
製本―――株式会社KPSプロダクツ

ISBN978-4-06-511510-7

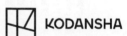

講談社文庫刊行の辞

二十一世紀の到来を目睫に望みながら、われわれはいま、人類史上かつて例を見ない巨大な転換期をむかえようとしている。

世界も、日本も、激動の予兆に対する期待とおののきを内に蔵して、未知の時代に歩み入ろうとしている。このときにあたり、創業の人野間清治の「ナショナル・エデュケイター」への志を現代に甦らせようと意図して、われわれはここに古今の文芸作品はいうまでもなく、ひろく人文・社会・自然の諸科学から東西の名著を網羅する、新しい綜合文庫の発刊を決意した。

激動の転換期はまた断絶の時代である。われわれは戦後二十五年間の出版文化のありかたへの深い反省をこめて、この断絶の時代にあえて人間的な持続を求めようとする。いたずらに浮薄な商業主義のあだ花を追い求めることなく、長期にわたって良書に生命をあたえようとつとめるところにしか、今後の出版文化の真の繁栄はあり得ないと信じるからである。

同時にわれわれはこの綜合文庫の刊行を通じて、人文・社会・自然の諸科学が、結局人間の学にほかならないことを立証しようと願っている。かつて知識とは、「汝自身を知る」ことにつきていた。現代社会の瑣末な情報の氾濫のなかから、力強い知識の源泉を掘り起し、技術文明のただなかに、生きた人間の姿を復活させること。それこそわれわれの切なる希求である。

われわれは権威に盲従せず、俗流に媚びることなく、渾然一体となって日本の「草の根」をかたちづくる若く新しい世代の人々に、心をこめてこの新しい綜合文庫をおくり届けたい。それは知識の泉であるとともに感受性のふるさとであり、もっとも有機的に組織され、社会に開かれた万人のための大学をめざしている。大方の支援と協力を衷心より切望してやまない。

一九七一年七月

野間省一